国际大奖小说

俄罗斯谢尔盖·米哈尔科夫儿童文学奖

琴键上的小矮人

[俄]亚历山大·图尔哈诺夫 / 著

[俄]奥莉嘉·波罗文采娃 / 绘

孙铭遥 / 译

Грустный гном, весёлый гном

天津出版传媒集团

新蕾出版社

图书在版编目（CIP）数据

琴键上的小矮人 /（俄罗斯）亚历山大·图尔哈诺夫著；（俄罗斯）奥莉嘉·波罗文采娃绘；孙铭遥译. -- 天津：新蕾出版社，2023.1
（国际大奖小说）
ISBN 978-7-5307-7406-9

Ⅰ. ①琴… Ⅱ. ①亚… ②奥… ③孙… Ⅲ. ①儿童小说-长篇小说-俄罗斯-现代 Ⅳ. ①I512.84

中国版本图书馆 CIP 数据核字(2022)第 158866 号

书　　名:琴键上的小矮人　QINJIAN SHANG DE XIAO AI REN
出版发行:天津出版传媒集团
新蕾出版社
http://www.newbuds.com.cn
地　　址:天津市和平区西康路 35 号(300051)
出 版 人:马玉秀
电　　话:总编办(022)23332422
发行部(022)23332351　23332679
传　　真:(022)23332422
经　　销:全国新华书店
印　　刷:天津新华印务有限公司
开　　本:880mm×1230mm　1/32
字　　数:155 千字
印　　张:6.5
版　　次:2023 年 1 月第 1 版　2023 年 1 月第 1 次印刷
定　　价:35.00 元

一辈子的书

◎梅子涵

◆亲近文学◆

一个希望优秀的人，是应该亲近文学的。亲近文学的方式当然就是阅读。阅读那些经典和杰作，在故事和语言间得到和世俗不一样的气息，优雅的心情和感觉在这同时也就滋生出来；还有很多的智慧和见解，是你在受教育的课堂上和别的书里难以如此生动和有趣地看见的。慢慢地，慢慢地，这阅读就使你有了格调，有了不平庸的眼睛。其实谁不知道，十有八九你是不可能成为一个文学家的，而是当了电脑工程师、建筑设计师……可是亲近文学怎么就是为了要成为文学家，成为一个写小说的人呢？文学是抚摸所有人的灵魂的，如果真有一种叫作“灵魂”的东西的话。文学是这样的一盏灯，只要你亲近过它，那么不管你是在怎样的境遇里，每天从事怎样的职业和怎样地操持，是设计房子还是打制家具，它都会无声无息地照亮你，使你可能为一个城市、一个家庭的房间又添置了经典，添置了可以供世代的人去欣赏和享受的美，而不是才过了几年，人们已经在说，哎哟，好难看哟！

谁会不想要这样的一盏灯呢？

◆阅读优秀◆

文学是很丰富的，各种各样。但是它又的确分成优秀和平庸。我们哪怕可以活上三百岁，有很充裕的时间，还是有理由只阅读优秀的，而拒绝平庸的。所以一代一代年长的人总是劝说年轻的人："阅读经典！"这是他们的前人告诉他们的，他们也有了深切的体会，所以再来告诉他们的后代。

这是人类的生命关怀。

美国诗人惠特曼有一首诗：《有一个孩子向前走去》。诗里说：

> 有一个孩子每天向前走去，
> 他看见最初的东西，他就变成那东西，
> 那东西就变成了他的一部分……

如果是早开的紫丁香，那么它会变成这个孩子的一部分；如果是杂乱的野草，那么它也会变成这个孩子的一部分。

我们都想看见一个孩子一步步地走进经典里去，走进优秀。

优秀和经典的书，不是只有那些很久年代以前的才是，只是安徒生，只是托尔斯泰，只是鲁迅；当代也有不少。只不过是我们不知道，所以没有告诉你；你的父母不知道，所以没有告诉你；你的老师可能也不知道，所以也没有告诉你。我们都已经看见了这种“不知道”所造成的阅读的稀少了。我们很焦急，所以我们总是非常热心地对你们说，它们在哪里，是什么书名，在哪儿可以买到。我就好想为你们开一张大书单，可以供你们去寻找、得到。像英国作家斯蒂文生写的那个李利一样，每天快要天黑的时候，他就拿着提灯和梯子走过来，在每一家的门口，把街灯点亮。我们也想当一个点灯的人，让你们在光亮中可以看见，看见那一本本被奇特地写出来的书，夜晚梦见里面的故事，白天的时候也必然想起和流连。一个孩子一天天地向前走去，长大了，很有知识，很有技能，还善良和有诗意，语言斯文……

同样是长大，那会多么不一样！

◆自己的书◆

优秀的文学书，也有不同。有很多是写给成年人的，也有专门写给孩子和青少年的。专门为孩子和青少年写文学书，不是从古就有的，而是历史不长。可是已经写出来的足以称得上琳琅和灿烂了。它可以算作是这二三百年来我们的文学里最值得炫耀的事情之一，几乎任何一本统计世纪文学成就的大书里都不会忘记写上这一笔，而且写上一个个具体的灿烂书名。

它们是我们自己的书。合乎年纪，合乎趣味，快活地笑或是严肃地思考，都是立在敬重我们生命的角度，不假冒天真，也不故意深刻。

它们是长大的人一生忘记不了的书，长大以后，他们才知道，原来这样的书，这些书里的故事和美妙，在长大之后读的文学书里再难遇见，可是因为他们读过了，所以没有遗憾。他们会这样劝说："读一读吧，要不会遗憾的。"

我们不要像安徒生写的那棵小枞树，老急着长大，老以为自己已经长大，不理睬照射它的那么温暖的太阳光和充分的新鲜空气，连飞翔过去的小鸟，和早晨与晚间飘过去的红云也一点儿都不感兴趣，老想着我长大了，我长大了。

"请你跟我们一道享受你的生活吧！"太阳光说。

"请你在自由中享受你新鲜的青春吧！"空气说。

"请你尽情地阅读属于你的年龄的文学书吧！"梅子涵说。

现在的这些"国际大奖小说"就是这样的书。

它们真是非常好，读完了，放进你自己的书架，你永远也不会抽离的。

很多年后，你当父亲、母亲了，你会对儿子、女儿说：“读一读它们，我的孩子！”

你还会当爷爷、奶奶、外公和外婆，你会对孙辈们说：“读一读它们吧，我都珍藏了一辈子了！”

一辈子的书。

忧郁的小矮人灰心地说，
快乐的日子不常有！
快乐的小矮人高兴地说，
如果感到悲伤，
来，向前走一走，
笑容挂耳边。
忧伤的日子，
就像春天没有明媚的阳光！

目录

1.

“将军房”

在美丽的市中心有一栋老旧的二层楼.安东、爸爸妈妈和外婆就住在这栋楼里。听外婆说,这儿曾是偏远的郊区,大家都叫它宁静区,这个名字源于附近的宁静河。现在,这条河仍旧滔滔不绝地流经这片区域。

这栋二层楼建成时,它可是这个区域最大的房子。这是一栋用灰色石头盖成的房子,高傲地矗立在一片小木房之中。尽管从来没有哪位将军在这里住过，但周围小木房的住户都称这栋楼为“将军房”。

城市逐渐变得越来越大，曾经歪歪扭扭的小木房所在的地方出现了新街道，盖起了三层、四层和五层楼。这栋二层楼不再是宁静区最大的房子，但在老一辈的记忆里它仍然是“将军房”。

又过了许多年，曾经的三层、四层和五层楼被拆除了，人们在它们原来的位置上盖起了更高大的建筑，只有曾经的“将军房”仍坚守在原地。新建成的高大建筑像巨人一样俯视着“将军房”，可怜的“将军房”就像个小矮人一样，连住在里面的居民都很担心这栋房子会被拆除。

“将军房”中住着四户人家，两户住在一楼，另外两户住在二楼。安东一家住在一楼，对门的邻居是萨莫伊洛夫夫妇，安东很少见到他们。萨莫伊洛夫夫妇家的楼上住着伊利亚爷爷，而安东家的楼上曾住过一位著名的艺术家，他在这里创作出了不朽的画作，但是现在没人住在这里。等这里所有住户都搬走，“将军房”也将被拆除，以后不会再有人居住了。

2.

小精灵和玩具钢琴

安东没上幼儿园。刚开始，他尝试去了两天，因为爸爸觉得孩子应该在同龄人的环境中成长。

爸爸坚信孩子在幼儿园能提高自身免疫力，抵抗各种病毒。安东要是去幼儿园，将很少生病。

“你无非就是想摆脱孩子，这么小的孩子去幼儿园能干什么？待在家里吧，家里更安全。”外婆反驳道。

妈妈看看外婆，又看看爸爸，摇了摇头。

在送安东去幼儿园的前一个晚上，妈妈对爸爸说：“咱家安东太可怜了，他是全班最小的孩子，简直就像一个小矮人。”

“你想想，小孩子嘛——”爸爸提出异议，“我也曾是我们班最小的一个。没关系，孩子会慢慢长大的。虽然现在他才勉强到同学的肩膀，但他会超过其他同学……安东还会长个儿的。”

就在上幼儿园的第三天，安东得了支气管炎。

外婆埋怨安东的父母：“我说什么来着？你们这是迫害我外孙！我要亲自照顾他。幼儿园不适合他，他身体还太弱。”

爸爸和妈妈很担心安东的病情，他们妥协了，将安东从幼儿园接回来。结果就是：当爸爸妈妈上班时，由外婆照顾安东。

安东四岁时，外婆送给他一架妈妈小时候玩过的玩具钢琴。

“天哪！”妈妈看到这架钢琴震惊道，“妈妈，您一直保留着它?!”

“这可是宝贝。”爸爸笑着说。

“你们这些年轻人什么东西都扔，我看连我也很快会被扔出去。”外婆抱怨道。没有人能理解外婆为什么爱抱怨，即便是最平常的事情，外婆都能找到抱怨的理由。例如，你对她说“去喝茶”，她都会为此生气，大家早已习惯了她的表达方式。妈妈没有和外婆争执。她只是看着这架玩具钢琴，抚摸着它的琴盖微笑着。

“这架钢琴以前摆在我的玩具屋中。”妈妈回忆道，“当娃娃们过节时，它们会排排坐在钢琴前弹奏圆舞曲来庆祝节日。”

妈妈按着琴键，轻柔的琴声回荡在房间里。安东听着，也不自觉地触碰着琴键，钢琴用更加悦耳、更加坚定的声音回应着他。

“这里有小人儿在等着你，以前他陪妈妈玩，以后他会和你一起玩。”爸爸说。

“什么小人儿？”妈妈困惑地问，“你又要编什么故事？”

“先等等，”爸爸笑了，“待会儿再告诉你。”

到了晚上，安东躺在床上，爸爸走进他的房间，给他讲了一个童话故事。

“很久很久以前，有两种人生活在地球上—— 一种是我们人类，还有一种是人眼无法看到的小人儿。”

“小人儿？他们叫什么？”安东问。

“小精灵。”爸爸思索片刻后回答，“他们非常漂亮，尤其是精灵仙女。小精灵的后背上长着一对小小的翅膀，他们会飞，只是飞得很低，速度也不快。但是这一群可爱的精灵却很难在地球上生存，因为他们太小了，人类看不到他们，就连孩子们随意地跑跳、玩耍都会无意伤害到他们——小精灵们来不及飞走或逃跑。毕竟他们实在太弱小了。”

安东没有打断爸爸的讲述，专心地听着。

“所以小精灵们决定去森林生活，但在森林里也无法完全躲开人类，人类去森林中伐木，砍伐树木时挥舞的斧头会弄伤小精灵们的翅膀。小精灵们也无法向人类诉说自己的不幸，因为人类既看不到他们，也听不到他们说话的声音。”

“他们全都受伤了吗？”安东担忧地问，他非常心疼这些没有自我保护能力的小精灵。

“不。安东，继续听。这些小精灵聚在一起商量后，决定飞到一个没有人的星球。他们的计划是这样的：最强壮的小精灵先飞，另一个小精灵抓住前面小精灵的脚，接着第三个、第四个……以此类推。就这样，他们朝着某个遥远的星球飞去。人类看到了这一幕，有的人觉得是银色的细线在万里无云的天空飞舞，有的人认为是蜘蛛网在空中飘动。可惜，小精灵们的计划没有成功，因为第一个小精灵承受着很大的重量，他们甚至没有飞过树顶，就扑通扑通地掉回到地面。”

安东紧张地问:“他们摔到地上了？严重吗？”

爸爸平静地说:“不严重。许多小精灵甚至很高兴他们没有飞到其他星球,因为他们爱我们的地球——这里有温暖的阳光、葱郁的树林、绿油油的草地、清澈的河流和湖泊,他们喜欢生活在这里。但怎样才能避免更多的小精灵受到伤害呢?他们又聚在一起开会讨论,想了好久好久……直到有一个小精灵想到他们可以生活在乐器里，这样他们不仅不会受伤,而且可以让人类听到他们的声音。神奇的是,人类真的能听到他们的声音！”

“怎样才能听到他们的声音？”安东好奇地问。

“非常简单!”爸爸回答道,“他们通过音乐与我们对话。妈妈的玩具钢琴里同样住着小小的音乐精灵。你按下琴键,他就会与你对话,只是你不能为了看钢琴里的小精灵而拆开钢琴。我了解你,我自己就曾十分好奇。但那样会弄坏钢琴的。”

“我不会弄坏钢琴的。”安东郑重地承诺。

这架玩具钢琴成了安东最喜欢的玩具，他整天用它为动画片里欢快的儿歌伴奏。只是有时候琴声不够大，因为玩具钢琴的琴键太少。后来,他便开始自己编一些曲子。妈妈的这架旧玩具钢琴很难用双手弹奏,安东的两只手总是互相碰撞打架。

3.

伊利亚爷爷

住在二楼的伊利亚爷爷喜欢坐在楼前的长椅上。他总是一只手拄着拐杖，另一只手撒着面包屑，身边围了一群鸟。安东听爸爸妈妈说，伊利亚爷爷曾是大型交响乐团的指挥家，爸爸还开玩笑说，现在伊利亚爷爷是“鸟乐团”的指挥家。

伊利亚爷爷还会时不时地变出一些小礼物给安东——几颗糖果、几个苹果或者橘子。

有一天，伊利亚爷爷来到安东家，请安东爸爸帮他修理厨房的水龙头。

爸爸说：“很荣幸可以帮助您，伊利亚·安德烈维奇。我可以带安东一起去您家吗？”

“非常欢迎。”伊利亚爷爷回答。

“您将他们从大扫除中拯救了出来。”妈妈笑着说，“我也清净了！”

每逢周日，妈妈就要进行家庭大扫除，安东和爸爸只想远远地逃离这个家，甚至想逃到月球上去！

“我不是和你俩，而是和两只小猪在一起生活！地板上一团糟，角落里还有乱扔的垃圾，电脑桌上也有污渍。”妈妈常说这句话。

于是，爸爸和安东高高兴兴地去了二楼伊利亚爷爷家修水龙头。

伊利亚爷爷家播放着略带忧伤的轻音乐。爸爸和伊利亚爷爷修

水龙头，安东则独自观察着整个客厅。尽管今天阳光明媚，但是窗户依旧被厚实的绿窗帘遮挡着，桌上有一盏亮着的台灯，一整面墙都是书架。

在角落里有一架开着琴盖的钢琴，乐谱架上摆着一本乐谱。钢琴的外部雕刻着花纹，灯光映照下的钢琴键泛着柔光。安东兴奋地看着这架真正的钢琴，轻轻地按下琴键，与发出沙哑的吱吱声的玩具钢琴完全不同，这架钢琴的声音如此鲜活、细腻。

安东按下另一个琴键，然后又按下一个，又一个……

“需要换一个宝塔钻头，伊利亚·安德烈维奇。”爸爸边说边和伊利亚爷爷走回客厅，“应该是堵了，换一个钻头就可以通水了。您去买一个，我这就能给您修好。”

“谢谢你，格里沙。”

伊利亚爷爷看着在钢琴旁来回打量的安东问：“喜欢吗？”

“这可是宝贝！”爸爸俯身看着乐谱架，“齐默曼，1895年……啊，我从来没见过这种德国钢琴……”

“这是我的祖父送给我的。”

“我们也有一架钢琴。”爸爸笑着看看安东，“但我们不太懂，对吧，安东？”

“我听你岳母说安东很喜欢音乐。”伊利亚爷爷说，“让我们听听他的音乐。”

伊利亚爷爷关掉音乐，招呼安东到自己身旁，开始用力地拍手并让安东重复他的动作。

这是一个简单又好玩儿的游戏，安东只需要完整重复就获胜了。接着，伊利亚爷爷又让安东唱首歌，安东唱了一首关于蝈蝈的歌。唱完后，伊利亚爷爷要求安东背对钢琴并且不要偷看，他同时按下两个琴键、三个琴键或者多个琴键，然后问安东弹了几个音。安东还不太能记住数字的读法，但是他会用手指比画出两个、四个、七个音，一次都没错。

“好孩子，太聪明了！”伊利亚爷爷一边夸赞，一边对爸爸说，“天才，太有天赋了！”伊利亚爷爷又迅速地按下十个琴键，调皮地看着安东，问他这次是几个音。听到这个和弦，安东的神情明显变得忧郁起来，他低下头看着脚下的地板。

“不猜了？”爸爸小声地问。

“这里有点儿其他的……”伊利亚爷爷低声说着，又认真地看着安东，“等一下……”

当声音完全消失时，安东抬起头看着伊利亚爷爷。

“很美，对吧？”伊利亚爷爷问，“这里有几个音？我弹了几个琴键？”

“十。”安东用手指比画着。

“对吗？”爸爸略带怀疑地看着伊利亚爷爷。

“完全正确！”伊利亚爷爷笑着说。

“天哪！”爸爸诧异地叫道。

这时门铃响了，是妈妈来叫他们回家吃饭。妈妈已经打扫完卫生，他们不用战战兢兢地回家了。出门时，伊利亚爷爷送给安东一本巴赫的《小前奏曲和赋格曲》。

“好奇怪的字母呀！”安东惊奇道，“像甲虫。”

“这是音符。你看，音乐也可以像童话故事一样被记录在纸上。”

伊利亚爷爷解释道。

安东被这本满是音符的神奇乐谱书深深地吸引住了。他用双手捧着翻开的乐谱书，仔细研究着。

“快跟爷爷说谢谢。”妈妈提醒安东。

“谢谢爷爷。”安东回过神儿来答道。

“你们的儿子有极高的音乐听感。”伊利亚爷爷说，“我觉得安东拥有绝对音感。更为重要的是，他能够仔细聆听这些声音，并对声音有所回应，你们明白吗？这是心的回应。这太难得了！一定要让他学音乐，有天赋的孩子很多，但真正能学下去的很少。让他学音乐吧。”

伊利亚爷爷高兴又略带忧愁地看着安东。

临走时，安东像大人一样同伊利亚爷爷握手道别。

4.

礼　物

伊利亚爷爷对安东的赞赏令爸爸十分开心。爸爸一整天都激动不已。晚上，他向妈妈坦言其实很久之前就想送安东去学钢琴。

“为什么是学钢琴？”妈妈问，“我更喜欢小提琴呢。”

“因为钢琴才是男人该演奏的乐器。”爸爸骄傲地回答。

“钢琴怎么就是男人该演奏的乐器了？”妈妈反驳道，“难道杰出的女钢琴家少吗？”

“女钢琴家演奏得也非常棒，但是伟大的钢琴家大多是男性。”

“哼！对，所有的伟人都是男性。”妈妈笑着讽刺道，“我们女人就该整天为你们干活儿，为你们这些‘伟人’做饭。”

“怎么是整天？一天就三次，早中晚嘛。”

“就是整天！”妈妈负气地说，“哼，这和伟人没什么关系。我看，你就是后悔自己小时候放弃了学音乐，想让儿子为你圆梦。”

“才不是呢，你猜错了。”爸爸反驳道，“我从来不为过去的事而后悔！”

晚上，爸爸来到安东房间时，安东已经躺在床上了。爸爸总是在安东睡前和他聊一会儿。父子俩谈起了伊利亚爷爷。

“伊利亚·安德烈维奇真是个好人。”爸爸说，“要好好感谢他。我倒有一个想法，我买一个新的钻头帮他换上，怎么样，和我一起去吗？”

安东高兴地点了点头。爸爸对安东道了晚安，走到门口时他停了下来，小声地坦白妈妈说的是对的，他确实在三年级时放弃了学钢琴，现在他十分后悔自己当时做的这个决定。

“如果决定学习音乐，就不能懒惰。”爸爸临走时嘱咐。

“我不会的，爸爸。”安东说道，“要学很久吗？”

“安东，要学七年。”

“比等待过新年的时间还要久吗？”安东补充道。

“那可久太多了。”爸爸笑起来。

爸爸离开了房间。安东想起了伊利亚爷爷，他非常希望再去爷爷家做一次客。

第二天，安东发现楼前的长椅上空无一人，接下来的几天都是。

有一天，爸爸对安东说伊利亚爷爷病了被送到了医院。爸爸和妈妈一起去探望爷爷，但回来后神情很悲伤。妈妈的眼角带着泪痕，爸爸则是紧皱着眉头脱下外套。

外婆立马明白了，问道：“去世了？”

妈妈点了点头，流下了眼泪。

过了几天，伊利亚爷爷的侄子康斯坦丁来到安东家里。他们在爸爸妈妈的房间里说了一会儿话。爸爸和妈妈出来送客时，康斯坦丁看了看安东，揉了揉他的头发对他说：“坚强点，小家伙。”

康斯坦丁离开后，妈妈抱住安东，告诉他伊利亚爷爷去世了，他在住院时曾嘱咐康斯坦丁要将钢琴送给安东。

第二天，钢琴就被送到了安东家，放在安东的卧室里。

“伊利亚真是个善良的人。”爸爸说。

那天晚上，安东一直坐在钢琴前弹奏，琴声一会儿轻快一会儿忧伤。他尝试弹奏伊利亚爷爷之前弹奏的那段既轻快又伤感的和弦，却总是不成功。

5.

准备入学

自从安东的房间里摆了一架真正的钢琴后，安东和爸爸就经常玩“爷爷的游戏”。

“猜猜这是什么旋律。”爸爸边说边接连按下好几个琴键。

安东本来背对钢琴坐着，听过爸爸的演奏，他起身走到钢琴前不假思索地准确找出了爸爸依次按下的琴键。起初，爸爸怀疑安东没法儿正确复弹刚刚的旋律，要知道爸爸并没有这么厉害的音乐听感。后来，爸爸想出了一个办法：他先打开手机的录音功能，再给安东弹出旋律，当安东将旋律重复弹奏后，爸爸再用录音检查验证。安东竟然一个音也没有弹错。

“太棒了！”爸爸赞叹道，“小家伙，你是怎么做到的？”

安东向爸爸解释，每一个琴键都有自己独特的声音——欢快的、忧伤的、愤怒的、温柔的……爸爸还是不明白，但这不影响父子俩的演奏游戏。

“现在由我来猜猜。”爸爸说着背对着钢琴。

安东不想欺负爸爸，没有同时弹出两个键或三个键，只按下了一个琴键。爸爸走到钢琴前开始寻找他听到的音对应的琴键，一边看着安东一边些许迟疑地问：

“不会是这个吧？”

“不是。”安东摇摇头。

爸爸又按下另一个琴键，看了看安东。

“啊，我找到了！”爸爸在安东的提示下，兴奋地按下琴键，“猜对了吗？”

“猜对了！”

“嘿！嘿！”爸爸庆祝着。

“你又提示他了？”妈妈进屋时问安东。

父子俩互相使眼色，齐声回答：“没有！”

有时候妈妈也会加入“爷爷的游戏”中，对于猜单个儿音符，妈妈可比爸爸厉害多了。但如果安东弹出两个音符，妈妈便会问这两个音符离得远不远。

“等，等会儿。”爸爸停下来，打开手机的录音功能。

安东弹出两个音符，妈妈先找出一个，再去找另一个。爸爸用录音来验证这两个音符，妈妈含笑看着自己的丈夫。

有一次，外婆也来参加“爷爷的游戏”。安东给外婆弹了一个音，外婆却按下了另一个音的琴键并坚定地说：“就是它！”

“不对。”安东说。

“就是它！”外婆用不容置疑的口吻反驳。

“不是这个音，妈妈。”妈妈赞同安东道。

爸爸播放录音公布正确答案。

“就是它！”外婆气愤地嘟囔着走出房间。

“外婆为什么生气了？”安东难过地问。

“因为她没猜出来。”妈妈笑着说。

自从爸爸确信安东拥有极出色的音乐听感，便决定要为送安东去音乐学校而做准备。

爸爸上网查学校地址，注册、登录不同教育理念的学校的网站。市里有很多所音乐学校，其中一所音乐学校就在安东家附近的那条街上。这所音乐学校培养出了许多世界知名的音乐家，但招收学生的要求也很高。爸爸有些紧张，担心万一他们不收安东该怎么办？

“去试试吧。很多天才和神童都在那儿学习。”外婆说，“但是他们不收普通孩子。”

“您说这话是什么意思？”妈妈反驳道，“神童不是孩子吗？神童首先是孩子！”

外婆没有反驳。

四月末的一天，爸爸带着安东去参观学校。那是一幢高大的灰色三层建筑，铁栅栏后的校园内种着一丛丛灌木和一棵棵树，深色的地砖铺满整条小路。孩子们在树丛间的小路上玩耍，即使他们是音乐天才，但嬉戏玩耍时的他们和其他普通孩子没有任何不同。

父子二人开始为入学做准备。爸爸从网上浏览得知，从小听古典音乐的孩子更容易通过音乐学校的入学考试。“常听古典音乐的孩子能更好地掌握音乐材料，能够听准并听懂音乐短句，这样的孩子拥有极强的节奏感。实践证明，入学考试对于这样的孩子而言不会有太大问题。”爸爸读着网上的建议内容。

为此，爸爸买了好几张古典音乐光盘，他将光盘放在电脑里播放，和安东坐在沙发上一动不动地专心听着古典音乐，可只坐着听实在太无聊。父子俩便想出演绎音乐的方法，比如：播放舒缓的音乐时，他们就在屋子里慢悠悠地走动；播放节奏快的音乐时，他们便开始跑、跳、在沙发上蹦来蹦去；当音乐戛然而止时，他们便躺在地板上……但是很快他们对跑跑跳跳也失去了兴趣。后来，他们又想出了根据音乐节奏编故事的游戏。

游戏从柴可夫斯基的《儿童钢琴曲集》开始。《女巫》的旋律响起，安东便将爸爸的围巾系在头上，将妈妈的工作服披在肩上——扮演一名女巫。“女巫”在爸爸身边转来转去施法。

下一曲响起，爸爸用从妈妈衣柜里拿出来的弹力带解除了魔咒，这条弹力带是妈妈锻炼身体用的。

“我是一名手风琴师。”爸爸说着拉紧了弹力带，“你记得这首曲子叫《手风琴师之歌》吗？”

“当然！”安东喊道。

“女巫”在“手风琴师”的身边转来转去，“手风琴师”用音乐抵抗并破解了“女巫”邪恶的魔咒。伴着悠长柔和的旋律，“女巫”和“手风琴师”对峙着、绕着对方走。最终，“手风琴师”战胜了“女巫”，而战败的女巫变成了一只云雀，因为下一首钢琴曲是《云雀之歌》。当“云雀”一展歌喉时，“手风琴师”看向天花板，仿佛在凝视天空，聆听云雀的天籁之音。

钢琴曲集中的曲子播放结束后，爸爸迅速换了另一张光盘。电脑音响中传出震耳欲聋的声音，似裹挟着怒吼的旋风席卷了父子俩，他们被这阵旋风吹到了天上，飞越了高山和丛林，但他们并不知道这股旋风会将他们吹向何方。

“安……东！”爸爸在旋风中大声呼喊，但他的声音却只能勉强被听到。

“爸……爸……我在……这儿！”安东声嘶力竭地回应。

父子俩找到彼此并抓住了对方的手，在风中旋转。还未等到二人被吹得浑身无力时，他们便被吹到了安静的林中空地——音乐结束了。爸爸休息片刻，走到电脑前取出光盘，看了看刚才这首钢琴曲的名字。

“《女武神的飞行》，瓦格纳，太棒了！”爸爸说着。

“太棒了！”安东同意道。

“你们两个绝对是疯了！”外婆看了看屋里的情况说。

安东和爸爸喜欢飞，想跟着瓦格纳的音乐再飞几次，但被外婆果断制止了。

父子俩还特别喜欢能扮演好人和坏人不同角色的音乐，因为双方可以“作战”。安东和爸爸分别扮演阿拉丁和神灯精灵、史莱克和穿靴子的猫还有安东最喜欢的动画片《开心球》[1]里的角色。爸爸更喜欢选择俄罗斯民间童话中的主人公，爸爸和安东会扮演成克舍伊[2]、傻瓜伊万[3]、巴尔达[4]，甚至还有大灰狼[5]。

一天，爸爸带回来一张贝多芬《c 小调第五交响曲》的光盘。

“今天我们可以痛痛快快地玩了！”爸爸说，“只是这种音乐……啊，多好的音乐！我们有必要给主角提前取好名字。”

---

①《开心球》：2004 年俄罗斯开心球公司制作的动画片，讲述十个有趣的圆形小动物每天发生的欢乐故事。

②克舍伊：指在俄罗斯民间童话故事中拥有宝物和长生秘方的人物。

③傻瓜伊万：出自列夫·托尔斯泰的作品《傻瓜伊万》，他“傻气”十足，面对祖辈财产无动于衷，为使全家一直和睦相处，心甘情愿将财产让给两位兄弟。

④巴尔达：出自普希金的作品《神父和他的长工巴尔达的故事》，巴尔达聪明能干、勤劳勇敢。

⑤大灰狼：出自童话《伊凡和大灰狼》，在该童话故事中，大灰狼是一个强大、聪明、有力的助手。

父子俩思考了很久，也没想好要为这首交响曲的主角取什么名字才能配得上如此伟大的音乐作品。后来，他们决定不想了，主角的名字就叫“善”与“恶”。

交响曲的第一乐章。“善”（安东扮演）坐在屋内的沙发上，而“恶”（爸爸扮演）走进“善”的房间，并开始攻击“善”。“善”惊慌不安，因为他没有想到“恶”如此阴险狡诈，“善”只能奋力抵抗，然而“恶”越来越强大，越来越放肆，但“恶”并没有完全战胜“善”。

第二乐章。“善”与“恶”双方坐在谈判桌前，贪婪的“恶”提出了很多无理的休战条件，“善”坚持原则，并没有同意。

第三乐章。“善”与“恶”呼唤各自的朋友前来帮忙。

交响曲的第四乐章。双方进行大战。

最终，“善”击溃了“恶”。受伤的“恶”扑通一声倒在沙发上，“善”跳到“恶”的身上打算庆祝胜利时，突然不知从哪儿发出咯吱声——沙发上的“善”与“恶”双双掉在地上。原来，沙发的前腿折了。

妈妈非常生气。变回安东的“善”和变回爸爸的“恶”站在妈妈面前，低头承认错误并请求她的原谅。父子俩试图修好沙发，遗憾的是因为破坏太严重，完全没法儿修理。后来，他们不得不买了一个新沙发，将旧沙发送到垃圾站。

6.

入学考试

安东满六岁了，到了去上音乐学校的年龄。入学考试安排在五月末。

入学考试的前一天晚上，妈妈就开始忙乎起来，她给安东熨好白衬衫、小西服，爸爸则给安东擦鞋。

爸爸有自己独创的一套擦鞋方法，妈妈称它为“长效擦鞋法”。爸爸先将鞋油满满地涂在鞋上，睡前用刷子刷一遍鞋后再次涂上鞋油。经过一夜，鞋油变干，鞋子覆上了一层暗淡的油膜。第二天早上，爸爸再用刷子刷一次鞋，要刷很久，直到鞋面像一面闪亮的镜子。

入学考试下午三点开始。为了这次考试，爸爸特意请了一整天的假，妈妈也会提前下班，一家三口计划在学校门口会合。

当天早晨，妈妈上班前叮嘱安东要吃饱饭，下午出门前一两个小时一定要洗个澡。

“我了解你们。”妈妈说，“你俩一紧张就爱出汗，一定要注意时间。不要忘记洗澡，更不要迟到。文件我都准备好了，放在桌子上。”

“我们不会忘的，更不会迟到的！”爸爸和安东齐声地保证道。

“我们会记得提前洗澡的，不用担心！我们用男子汉的方式洗！”爸爸补充道。

“得了，得了。”妈妈勉强笑了一下，去上班了。

安东觉得很有趣。什么是男子汉的洗澡方式？和女士洗澡的方法有什么不同吗？爸爸没有过多解释，只是坐在电脑前处理紧急工作。爸爸在一家为听障人士制作助听仪器的工厂上班，是工厂里的工艺师。这家工厂正准备与一家意大利公司签合同，爸爸说他现在需要思考一些细节……

安东无聊得在家里走来走去。外婆房间传出电视的声音，她在看连续剧。安东回到自己房间坐在钢琴前，但是他不想弹琴。

他打开电脑，加载着“手推车”游戏，但他也不想玩游戏。他走到窗边，向窗外看去，也没有发现什么有趣的东西。细雨蒙蒙，树下的小草因雨水的滋养呈墨绿色，乌云低垂，就像压在隔壁公寓的屋檐下，外面似乎不是春天而是秋天。安东躺在沙发上，用毯子蒙着头，不一会儿就睡着了。

不知过了多久，爸爸叫醒了安东。

“醒醒，安东！”爸爸喊着，“咱俩太不务正业了！幸亏妈妈打来电话提醒，这么重要的考试差点儿都耽误了。我想躺一会儿，没想到也睡着了。唉，快跑去洗澡，迅速！用男子汉的洗澡方式！”

安东跑去洗澡。现在他明白什么是男子汉的洗澡方式了，就像追赶一辆即将开走的无轨列车，他只能闪电般冲一遍澡。

父子俩急忙吃完凉饭，换好衣服跑到学校参加入学考试。天气转晴了，阳光灿烂，鸟儿欢歌，柏油马路上还有几处未干的小水洼。安东觉得烦闷的心情瞬间一扫而光。

妈妈已经在学校门口等他们了。

“你们怎么回事？”妈妈责问道，“是不是差点儿睡过头了？唉，你们呀！格里沙，文件带了吗？出生证明、照片……”

“完了,我忘带了！我现在就去取,很快！”爸爸立马跑回家。

“好在我们住得不远,不然看你们怎么办！”妈妈叹了口气。

妈妈和安东进入教学楼,沿着宽敞的楼梯走到二楼,顺着长长的走廊来到一个小前厅。这里有很多人,安东打量着这些小伙伴,他们都盛装而来,男孩子们都穿小西服,而女孩子们都穿着华丽的裙子。

门开了。一位年轻美丽的女士走到前厅,温柔地抚摸着站在最前排女孩的头发,微笑着。“这是叶莲娜·弗拉基米罗夫娜,她是学校的教导主任。”不知是谁在安东耳边轻声说。

“现在开始吧！”叶莲娜主任说,“我们将逐一对学生进行入学测试,学生自行决定谁先来,谁第二个……”

安东想第一个进去,但是妈妈建议他:“我们等等爸爸,不然他会因为错过你的考试而自责。”

很快,爸爸赶回来了。

“还没进去吧？”爸爸紧张地问。

“我们等你呢。”妈妈回答。

“太好了！”

“我们当然好……不像某些人把文件落在家里,重要的考试还差点儿睡过头。”妈妈埋怨道。

爸爸没有回应妈妈。

“这么多的小天才！”爸爸仔细看着这些孩子,小声嘟囔道。

一个小男孩刚从礼堂出来,安东便站起身走向礼堂。

“现在要进去吗？”爸爸担心地问。

“考试顺利！”妈妈祝福道。

礼堂里有很多老师，他们坐在桌后。一位上了年纪、穿着黑裙子的老师坐在钢琴旁，她的脑后梳着花白的发髻，鼻子上架着一副厚厚的眼镜，看起来很严肃。

“请稍等一下。”叶莲娜主任叫住安东，“你叫什么名字？”

安东说了自己的姓名。

“你想学习哪种乐器，安东？”

“我想学弹钢琴。”安东回答。

“嗯，家里有钢琴吗？”叶莲娜主任看着散落在桌上的纸，“现在去玛娜娜老师那里，然后你再回到我这儿，好吗？”

安东点点头向钢琴走去。

玛娜娜老师竟然提出要玩“爷爷的游戏”。真的，只是她没有说“爷爷的游戏”这个名字，而是解释当她按一个、两个或者更多琴键时，安东要说出她弹奏了几个音。这对安东来说太意外了，他甚至有些不知所措。玛娜娜老师弹奏着音符，安东看着她，静静地听着。

“你为什么不说话？”叶莲娜主任问安东，“你是没有听出有几个音吗？”

“我曾和伊利亚爷爷玩过这个游戏。”安东答道，“只是爷爷已经去世了，他将钢琴送给了我。”

“什么游戏？”叶莲娜主任不明白。

“就是这个。”安东解释道，“猜几个音。”

“你既然会，为什么不回答呢？”叶莲娜主任微笑着问。

安东耸了耸肩。玛娜娜老师弹了两个音符，安东回答两个，弹一个，安东也回答正确。突然，玛娜娜老师同时按下三个

琴键，安东回答三个。

“确定是三个？”玛娜娜老师继续问道，“有可能是四个。”

“是三个音。”安东回答，“您弹的对我来说有些简单。”

“真的？”玛娜娜老师笑着说，“很好，那现在这个呢？”玛娜娜老师

又弹了一个和弦。

“七个。”安东回答。

“完全正确！”玛娜娜老师高兴地赞叹道，“把头转过去，那这个呢？”

玛娜娜老师脚踩钢琴踏板开始弹奏。先是弹奏两个音符，然后一个、三个，最后同时按下五个音符的琴键，就好像先是有一个人进入房间，再是两个人走进来，然后一个人跑进来，紧接着三个人蹦跳着进来，最后突然有五个人“飞”进屋子……安东认真地听着。

他非常喜欢这个和弦——所有的音乐小精灵都十分欢乐，他们在嬉戏玩耍。

“比十多一个。”安东说着，他数数只会数到十。

“天才！”叶莲娜主任惊呼。

所有人都在为安东鼓掌，安东一个琴音都没听错。

“我明白了。”叶莲娜主任看着老师们，“安东，你可以回去了，告诉你的爸爸妈妈稍等一下。我要和他们谈一谈。”

“那唱歌呢？”安东问。

安东记得考试前爸爸叮嘱他一定要唱歌，因为入学考试手册上是这样写的。他们曾在家里研究了很久应该唱什么歌。爸爸想让安东演唱《希望》，这是爸爸最喜欢的一首歌：

一颗陌生的星星闪耀着
我们再次离家登程远航
又要相隔多少城镇

机场航道亮起点点星光

…………

妈妈觉得应该选首儿歌，唱《蝈蝈歌》或者唱《微笑让阴郁的一天更明亮》。

爸爸争着说要不唱《希望》，要不就唱《起床歌》。《起床歌》爸爸也在网上找好了，爸爸妈妈教过安东这首歌，每天早上他们都愉快地唱着：

眼睫毛上阳光洒
那是太阳眼睛眨
姑娘们，快醒醒
男孩们，别睡了
卡佳和娜塔莎
彼佳和谢廖沙，
煮燕麦的小小锅
也快起床吧……

“你想唱什么歌呢？”叶莲娜主任问。

“《起床歌》。”安东想了想后说。

“我们听听吧。”

安东演唱，玛娜娜老师为他伴奏。演唱很成功，叶莲娜主任和其他老师都对安东精彩的演唱很满意。有位看起来年纪较大、戴着眼镜的老师甚至随着安东的歌声一齐唱起来。

前厅里的所有人都看向安东。

“你唱得真好！”爸爸笑着说。

“害怕吗？”妈妈搂着安东小声问。

“一点儿也不！”安东兴奋地回答。

叶莲娜主任从礼堂走出来，她将安东的父母带到一边。安东听不到他们在说什么，但是他知道他们在谈论自己。

回家的路上，爸爸说叶莲娜主任觉得安东有极高的音乐天分，一定要让他去学音乐，还说叶莲娜主任会安排安东在玛娜娜老师的班上学习，玛娜娜老师是学校最出色的老师！爸爸回味着叶莲娜主任说的话，又骄傲地说：“在这个音乐天才云集的学校学习，还师从最优秀的老师，真是太了不起了！”

路过水果店时，爸爸让妈妈和安东等自己一下。不一会儿，爸爸抱着一个大西瓜从水果店出来了。

“不是应季的水果，这个西瓜可值不少钱！”妈妈用手拍了拍西瓜。

“为了儿子我一点儿都不心疼。”爸爸一边骄傲地说，一边把西瓜抛来抛去。西瓜像花皮球一样从爸爸的头顶画出一道道漂亮的弧线。

“别把西瓜摔坏了！”妈妈提醒道。

“我能把西瓜摔了？”爸爸笑嘻嘻地又抛了一次西瓜，还故意抛高了一些。

西瓜飞起来，啪的一声摔在了柏油马路上。鲜红的瓜瓤被摔得四分五裂，西瓜汁还溅到爸爸的鞋和裤子上。这个西瓜熟得很透。

妈妈看着摔在地上的西瓜差点儿哭出来，爸爸反而一点儿都不伤心。

“我们都没看到摔坏的西瓜，对吧？”爸爸兴奋地说着，又一次跑回水果店，过了五分钟，爸爸抱着一个更大的西瓜出来了。

7.

开学第一天

九月一日开学了。因为爸爸妈妈的工作太忙无法抽身，便由外婆送安东去音乐学校报到。学生登记注册从下午三点开始，但是就像妈妈预言的那样，外婆要准备很久——热汤、吃饭、穿衣服、找雨伞。那天还下着雨刮着冷风。直到距登记注册还有十五分钟，他们才出门。外婆慢悠悠地走在路上，她的腿痛得厉害，一路上还不停地抱怨着："你外婆，拖着这两条腿……"

但是安东没有听外婆的抱怨，径直向前跑去。

外婆气呼呼地喊道："安东，站住！我得停下休息会儿。"

"外婆，我们要迟到了，现在可能已经上课了！"安东急匆匆地说。

"让他们上。我们没到，课能开始吗？"外婆皱着眉。

"外婆……唉，外婆，课都快结束了。"安东急得差点儿哭出来。

"不会结束的！不要催我！谢天谢地我还能来送他，我已经没有力气看他了，你们这是想让我累死……"外婆不停地发着牢骚。

教学楼宽敞的大厅里摆着几张桌子，桌上放着印有教师姓名的桌签。教师坐在桌后等着自己的学生。安东已经知道玛娜娜老师是自己的老师，便直接向她跑去。

"你好！"玛娜娜老师微笑着，"其他同学都来了，就等你了。跟我去教室，大家相互认识一下，然后大一些的孩子将轮流演奏乐曲。"

玛娜娜老师带着安东离开，外婆则留在外面唉声叹气，顾自埋怨。

玛娜娜老师的教室宽敞又明亮。墙上挂着著名作曲家的肖像画，靠墙摆着一排黑色的椅子，窗户上挂着白色的窗帘，窗台上摆满了盆栽花草。两架三角钢琴并排放在教室中间，安东注意到教室的角落里竟然还放着一张沙发。

三个男孩和四个女孩转身看向门口，打量着安东。

安东害羞地躲在玛娜娜老师的身后。

“我向大家介绍一位新同学。”玛娜娜老师伸手将安东拉到身前，“安东将是我们班上的一份子，希望你们互相关爱。现在我们开始上课。安东，你坐下认真听。今天是开学日，同学们要演奏假期作业，这是我们的传统。此外，谢廖沙十月将参加比赛，他应该经常在大家面前进行演奏练习。”

当玛娜娜老师说话时，安东就观察着这些同学。他们年龄各不相同，对六岁的安东而言，他们似乎都是大人。除了一个小男孩，他比安东大不了多少。安东觉得这个男孩看起来很眼熟，他的深色头发向后梳着，眉毛和眼睛看起来像是在苍白的脸上涂了黑色的油漆。安东曾在《拇指姑娘》和《青蛙王子》的动画片中见过这样的面孔，唯一的区别就是他是深色头发。

“安东，请坐！”玛娜娜老师说。安东坐在了那个男孩旁边。

“开始演奏，奥莉佳，从你开始，上台然后报幕。”

奥莉佳是一个戴着眼镜的胖胖的女孩。她走到钢琴前，郑重地说：“门德尔松，《无词歌》。”然后坐下开始演奏。

安东听着音乐，想象着狂风正猛力摇着大树，厚重的乌云正在空中聚集，闪电频频划破天空，马上要下雨了。安东和爸爸曾经历过一场雷雨，当时父子俩正从公园骑自行车回家。他们设法骑上公路，在公共汽车站的玻璃棚下躲雨。滂

沱大雨泼向棚顶，又像一堵雨墙从棚边倾泻而下。爸爸无法将自行车完全推进玻璃棚下，结果，车座、车尾和行李包瞬间湿透了，而前轮和车把完全是干的。爸爸和安东见此不禁大笑起来。

“这真的是一首歌吗？”安东很好奇，人们会在什么时候唱这首歌呢？

但是要知道雷雨也可以唱歌，安东小声说：“真棒！”

“什么，真棒？”有一个男孩轻笑着，小声地说，“弹得像傻瓜一样。”

奥莉佳结束演奏，慢吞吞地从钢琴旁起身走过来。

轮到萨沙了。萨沙一头鬈发，高高瘦瘦的，和奥莉佳完全相反。萨沙也弹奏《无词歌》，但是另一种感觉。

现在，安东看到的是雷雨过后，天空放晴，彩虹高高地挂在天上。安东和爸爸全身都湿透了，他们开始觉得有点儿冷，但他们很高兴终于能骑车回家了。爸爸一边回头看着安东，一边兴高采烈地喊着什么，随后加速骑进了一个大水坑。爸爸全身都被溅湿了，他大笑起来，安东也跟着骑进了水坑。有一瞬间，爸爸说他觉得这不是路上的水坑，而是一个大池塘，他和安东不是在沥青路上骑车，而是在水上，他觉得自己的身体开始向下沉，沉到了水底。

“现在到你了，柯利亚。我和柯利亚将

一起演奏在去年音乐会上弹奏的乐曲。”玛娜娜老师坐在第二架钢琴前说。

柯利亚是班里年龄最大的。安东注意到他的嘴唇上方已经长了小胡子。

“普罗科菲耶夫,《g 小调第二钢琴协奏曲》。”柯利亚报幕。

他们开始演奏。安东愣了一下,高亢激越的琴声瞬间抓住了他,他想起了和爸爸妈妈夏天在海边度假时看到的一幅画。

当时,安东和爸爸妈妈去当地一家画廊看画展。安东最喜欢看那幅风暴肆虐的画—— 一个男人无所畏惧地乘着小船驶向大海,海浪翻滚,人很渺小,他的船也很渺小。

“爸爸,他会被淹死吗?”安东问。

“我相信他会冲出海浪。”爸爸若有所思地说,还坚定地朝安东眨了眨眼。

整个假期,安东一直期待真正的海上风暴来袭。但风暴从未来袭。他们在海边度假的那段时间,天气又干又热,只有一天晚上下起了雨。到了转天早上,太阳仍高高挂起,鸟儿欢快地歌唱。

此刻,安东听着柯利亚和玛娜娜老师的

演奏，似乎看到一个男人在滔天巨浪中奋勇地朝岸边划去。闪电不停，雷声轰鸣，乌云在他头上盘旋，在他身后，海水似乎已经

沸腾了。尽管如此，他并没有放弃。他时而被推向浪尖，时而跌入浪底，时而深陷旋涡中。巨浪像岩石一样围绕着他腾起，狂风使他的船开始旋转……

有一刻，安东没忍住跳了起来。他仿佛看到巨浪不断地拍打着这个疲惫不堪的男人，他从船上掉下来，飞进了水中，海水将他瞬间淹没。

“淹死了！”安东喊道。

“疯了吧！”旁边有人笑道。

安东清醒过来了。他看看四周，几个同学在大声嘲笑他，其他人也都在小声笑着，只有玛娜娜老师没有笑。

安东坐了下来。他突然感觉很疲惫。

“好了，孩子们。继续！”老师认真地看着安东说。

一个女孩走到钢琴前，但安东没有再专心听演奏。

“你刚才在喊什么？”坐在安东旁边的同学低声问。

安东没有回答。

“好吧……”这个同学笑着，“听着，你有手机吗？”

“手机？”安东吃惊地问。

“嗯，你的是什么样的？”

安东从兜里拿出手机递给这个同学。

“你这还是石器时代的，快把它藏起来吧！”男孩不屑地说。

安东不明白他的意思。这个手机是他过生日时爸爸妈妈和外婆一起送给他的礼物。当时安东非常开心，觉得像大人一样有了属于自己的手机。他为此感到很骄傲。

“只有小毛孩才用这样的手机,明白吗? ”

“喏,看! ”这个同学说着拿出自己的手机。这是一部非常漂亮的手机,但非常大,小孩儿的手可拿不住。

“是苹果手机! ”男孩骄傲地说。

安东想起来,爸爸也曾想给他自己买一部这样的手机,但是它太贵了。

“到你了,谢廖沙。”玛娜娜老师说,“我和谢廖沙在准备一场非常重要的比赛。谢廖沙是好样的! 为了准备这次比赛,他整个假期都在城里，我们一整个夏天都在练习，只在八月中旬休息了几天，报幕吧! ”

安东旁边的男孩将手机放回口袋里,骄傲地走到钢琴旁。

他报完幕,开始演奏。安东没有仔细听他的演奏,只是呆呆地看着他的手指在琴键上飞舞。安东对谢廖沙嘲笑自己的手机感到很生气。

谢廖沙演奏完毕回到原位,嘲弄似的看着安东。安东转过身。

晚上,爸爸妈妈下班开心地回到家,妈妈买了蛋糕,爸爸买了儿童香槟。

当爸爸妈妈坐在桌旁要为安东庆祝开学日时，安东走到他们面前,把手机放在桌上,低着头小声说:“诺……”

他用一根手指将手机推到爸爸妈妈眼前。

“你这是怎么了,安东? ”爸爸问,“怎么垂头丧气的? ”

安东把头低得更低了,小声重复着谢廖沙说的那句话。

“只有小毛孩才用这样的手机……”

爸爸很惊讶:“什么?”

妈妈走到安东面前,蹲下身看着安东的脸问:“亲爱的,发生什么事了?”

“谁跟你说的这句话?”爸爸似乎很生气。

“有一个男孩……谢廖沙……他说只有小毛孩才用这样的手机。”安东小声说,“爸爸,那个男人淹死了……”

“什么人?谁淹死了?”爸爸很困惑。

“你还记得,夏天,那幅画……你说他会冲出海浪,但他还是被淹死了。”安东抬起头,很认真地看着爸爸,“他们演奏了一首曲子,我听到了,他淹死了,爸爸……”

眼泪顺着安东的脸颊流了下来。

“欢迎来到成年人的生活。”爸爸叹了口气。

“你在胡说什么?”妈妈很不明白,“或许你可以给他解释解释。”

但是爸爸什么都没有说,安东也沉默着。

妈妈抱着安东,温柔地抚摸着他的头。

8.

“描绘”清晨

安东不喜欢在周日的早晨醒来，也不喜欢爸爸妈妈上班不在家的时候。每个工作日的早上，家里总是吵吵闹闹但充满欢声笑语。爸爸每次一出门就会找不到东西，常常能听到：

“斯维特，我的手套在哪儿？

“斯维特，我的高领毛衣在哪儿？那件黑条纹的。

“我装好的包去哪儿了，斯维特，你知道我的背包在哪里吗？”

妈妈叹了口气：

“男人为什么要结婚娶妻？难道妻子就是为了回答他的东西在哪里这个问题吗？”即使这样说，妈妈还是为爸爸找手套、毛衣和背包。

随后，全家人入座吃早饭。爸爸总是喜欢给大家讲他最近读到的新鲜事。

主题各不相同，有时说几内亚的巴布亚人喜欢吃什么早饭，有时会说印加人非常干净——如果有孩子因全身脏兮兮在街上被抓，那么他们就会被送到自己父母那里去强制洗澡。

安东瑟缩了一下，慢慢地在裤子上擦了擦手。

“巴赫曾是一个非常快乐的人，他喜欢节日宴会。”爸爸又说。

“怎么了，难道巴赫变了？”妈妈问。

“是这样。”爸爸回答，“比如，当我听到他演奏管风琴音乐时，我觉得它们不是由人创作的，而是由一座纪念碑创作的。”

“又胡说，别说谎！”妈妈笑着说，“孩子在旁边听着呢，而且他现在还在学音乐。不过是什么纪念碑？”

“铸铁的纪念碑。”爸爸严肃地说，“身体健硕、戴着假发的那种铸铁的人形纪念碑。”

安东想象着：铸铁的人形纪念碑走到钢琴前，坐在椅子上，椅子发出咯吱咯吱的声响，椅子腿突然断裂了。纪念碑站起来，将沉重的手放在琴键上，叮咚悦耳的琴声变成了撕裂声，原来，琴弦承受不住巨大的压力而乍断，琴键也轰然塌陷……

“安东，你怎么像个冰冻人一样僵住了？”爸爸问。

安东跑回房间，坐在钢琴前，打开琴盖，一连按下好几个琴键：“这是‘纪念碑’沉重的脚步声，他在房里徘徊，然后从走廊离开……”

“安东！”妈妈喊道，“你在弹什么？”

“纪念碑！”安东从房间里大声回答。

“什么样的纪念碑？”妈妈仍不懂。

“铸铁的。”爸爸解释，“安东在用琴声描绘铸铁的巴赫纪念碑。”

“好吧，叫他带着‘巴赫纪念碑’一起来吃早饭，再把外婆拽来，她今早吃饭可是迟到了。”

星期日的早晨，安东无聊地躺在床上，因为爸爸妈妈还没有醒。他听到厨房的排风机发出嗡嗡声，炉子上有什么东西正暴躁地发出嘶嘶声，外婆在准备早饭。

安东回想起爸爸曾答应要带他去公园骑自行车、喂松鼠。

“要是天气好就能去。”妈妈当时说。

“难道我会拽着孩子在雨里喂松鼠？”爸爸打趣道。

安东从床上跳下来，跑到窗前。外面还是灰蒙蒙的，在路灯的灯光下，马路两侧停着的汽车、儿童广场上的秋千、街道上的白桦树和栗子树就像被画在深色画纸上一样。安东想用声音去“描绘”一幅清晨的画：打电话的叔叔走路的节奏、汽车驶离停车场、车灯的光线穿过晨雾以及对面的大房子里挂着的彩灯……

但是安东明白，如果现在他开始弹琴的话，爸爸妈妈一定会被吵醒。他叹了一口气，从窗边走回来，躺在床上想象刚才打电话的叔叔走路的节奏，很像齐步走，一二！一二！安东已经学会这种拍子了，它是四二拍[①]。一只狗向叔叔迎面跑去，它的节拍是四四拍[②]，一二三四，一二三四。这只狗似乎着急去办自己的“私人业务”，步伐小却跑得快。

叔叔的步伐和小狗跑起来的节拍旋律回荡在安东的脑海中，这个旋律越来越清晰，使得安东无法安然躺在床上。

安东又从床上跳下来，在房间里跑来跑去，尝试进入小狗跑起来的节奏中。然后他又踱来踱去，模仿打电话的叔叔的步伐。他受不了缓慢的节拍，又开始跑起来。脑中旋律

①四二拍：以四分音符为一拍，每小节两拍，强弱规律：强－弱。

②四四拍：以四分音符为一拍，每小节四拍，强弱规律：强－弱－次强－弱。

的声响越来越强烈……突然，安东又听到一个节拍，这是属于他自己的。现在，三种旋律的节奏在安东的脑中盘绕如一团乱麻。

安东必须立马做点什么，否则他的头会“爆炸”，他觉得呼吸困难，似乎马上要窒息了。

他迅速地坐在钢琴前演奏起回荡在脑海里的旋律，“一团乱麻”

逐渐变小，直至完全消失。安东深深地呼出一口气，停止了演奏。他转身，看到爸爸妈妈和外婆站在门口看着自己。安东心想，他们一定会责骂自己，但是他们并没有。

“击掌！”爸爸对安东说，“我不知道你演奏的具体是什么，但是听起来很棒！真的很棒！”

9.

勇敢的松鼠

天空慢慢放晴，阳光明媚。爸爸却忘记要带安东一起去公园喂小松鼠。爸爸太喜欢安东早上创作的那段旋律了，但他想让安东再演奏一次时，安东却无法完整呈现，于是，早饭后他便在网上搜索可以录制音乐的应用软件和程序。

妈妈在厨房刷碗时，爸爸向妈妈喊道："要是能找到可以将声音一键转换为乐谱的程序就好了！""就像那种弹奏时作曲家能迅速用音符记录音乐、节奏的软件。"爸爸又补充道。

"这很好呀！"妈妈回答，"但别忘了！我们安东是在钢琴上演奏，而不是在电脑上弹奏。"

"这个我明白，我会想办法的，我们可以先用手机录下来，然后用程序做处理。"爸爸说。

安东在一旁很苦闷。

他尝试提醒爸爸去公园这件事，但是爸爸完全沉浸在寻找程序中，并没有听到安东的话。

"斯维特！有两个不错的程序，论坛上很多人都在夸。现在我们要搞清楚哪个程序更好，谁能给我们一点儿建议呢？你有没有认识的作曲家，那种自己搞创作的专业作曲家。现在的作曲家太多了，知道三个和弦那都能叫作曲家了。"爸爸兴奋地向厨房喊道。

安东去厨房找妈妈。

妈妈问安东:“你怎么闷闷不乐的?”

安东只是叹气。

“看看,你对你爸爸做了什么? 他整个早上像喝了兴奋剂一样。”妈妈笑了,“安东,你弹得太棒了! 乐曲非常美! 你演奏时想象的是什么场景呢?”

“清晨。”

“清晨? 有趣……无论如何我都想不到。”

“妈妈,爸爸说过如果天气好,我们就一起骑车去公园喂松鼠。”安东向妈妈抱怨道。

“这就是你皱鼻子的原因? 走,我们去和爸爸说这件事。”

“我说了……”安东叹息道,“但是爸爸没有听到。”

“他还能听到你的话?! 他的儿子是伟大的作曲家。你爸爸现在最重要的任务就是为人类保存他儿子创作的音乐作品。别担心,现在我们就安排一切,好天气不应该宅在家里。你们骑车去公园,我安静地在家熨衣服、整理东西,但你不能就这么直接叫他出去,我们得想个办法。”

过了几秒,妈妈凑到安东身边,在他耳边轻声说:

“我跟他说,你想创作一首你们在公园……的乐曲。”

“在公园喂松鼠!”安东补充道。

“喂松鼠。”妈妈赞同着从厨房走出去。

爸爸和安东先去商店买了坚果和瓜子。坚果是喂松鼠的,瓜子是给小鸟的。

从商店出来，父子二人出发去公园。公园里人很多，很热闹。老人坐在长椅上，妈妈们推着婴儿车，男人们在运动场上打篮球。公园里的狗叫个不停，树上的鸟也在高歌，不远处还有音乐声传来。爸爸和安东不得不推着自行车走，不然很难绕过在路上散步的人。

“这天气真是太舒服了，不愧是老奶奶之夏①。”爸爸笑着说。

“为什么是夏天？”安东惊讶地说，“现在可是秋天！”

“这段时期大家都这么叫。夏天结束，天气转凉，而在真正变冷之前又有一段时间很温暖，但暖和的时间不长，就像夏天正恋恋不舍地同我们道别，所以叫‘老奶奶之夏’。”

“那为什么是老奶奶的夏天呢？难道它只温暖老奶奶？”安东追问道。

“这我就不知道了。”爸爸无奈地耸了耸肩，“德国人把这段时间叫‘老奶奶时光’。”

“难道这对老奶奶而言是一个特别的夏天？”安东吃惊地问。

“可能吧。也许是因为有些植物又开花了。冬天马上就来了，但它们还是开花了。在北美，这段时间还被叫作‘印度之夏’。总而言之，说不清……”

“印度之夏？”安东完全迷糊了。

“确切地说……它的开始有一个标志。‘老奶奶之夏’的第一天，年轻人应该骑马去打猎。你还记得吗？上周末我们一起去骑车了，那天恰好是‘老奶奶之夏’的第一天。古印度人认为如果年轻人在这一

---

①老奶奶之夏：中国俗称的秋老虎或小阳春。

天骑马，那么马会更勇敢，狗会更忠诚，人不会生病。喏，少年，这是你的'马'！"爸爸朝安东的自行车扬了扬头。

父子俩又骑上了自行车，这是一条下坡路。爸爸领头骑在前面，安东看到爸爸的头发迎风飞舞，好像在脑后梳起了一根辫子。阳光照在远处的一个池塘里，一切都十分美好。安东兴奋地提速，他甚至想大喊一句"印度之夏"！

"刹车！"爸爸担心地大叫了一声，随后停下来站在路边等着安东，安东手捏刹车，自行车平稳地停在了爸爸旁边。

"好样的！"爸爸松了口气，"可别告诉妈妈你是从一条崎岖的小路上骑下来的。否则她会批评我们的。"

"我会保守秘密的。"安东答应道。

现在，他们已经到了上星期曾经遇到几只小松鼠的地方，这个地方在公园的另一边。要想到"松鼠的地盘"，需要绕过两个池塘，沿着一条小路步行，那里到处都是洞和坑。上周，爸爸说要寻找未曾有人踏足的地方，他们碰巧来到这里，还真的没有遇到其他人。只有小松鼠在林间蹦来蹦去，在小路上跳来跳去，一点儿都不怕安东和爸爸，但当时安东和爸爸没有随身带瓜子和坚果。

终于走到了目的地，他们把自行车停靠在大树旁。爸爸抓了一把瓜子放在手心里等着小鸟，安东也迅速抓了瓜子和坚果放在手心等着松鼠。刚开始飞过来了几只小麻雀和小山雀，它们站在树枝上看着瓜子和坚果，叽叽喳喳地大叫起来，好像与同伴商讨着，但不敢飞下来。直到有一只勇敢的麻雀飞下来，在安东身旁蹦来蹦去，但它并没有啄坚果，因为坚果壳又厚又硬，小麻雀无法用嘴啄开，它又飞回了

树上。

“太好玩儿了。”爸爸对小麻雀喊着，“瓜子吃起来更容易。”

渐渐地，麻雀和山雀飞到安东和爸爸的周围，争先恐后地抢着瓜子，又猛地飞到一旁。有一瞬间，安东的手上一下子“坐”着三只山雀，

它们抢完瓜子后就飞走了。

“太赞了！”爸爸说，“可惜我们没带相机。”

接着又飞来了几只鸽子，它们咕咕叫着走来走去。

安东到现在连一只松鼠还没有看到。

突然，爸爸的脚边有个灰红色的小东西动弹起来。

“爸爸，松鼠！”安东惊喜地喊道。

一只小松鼠跳到爸爸的腿上，顺着爸爸的裤子敏捷地向上爬，钻进爸爸的夹克口袋里，从里面扒出一颗坚果，抓着坚果蹦到地上又迅速跳回树上，整套动作十分流畅。

“真有它的！”爸爸惊呼道，“它为什么跑进口袋里？安东手里拿着坚果，但它却跑到口袋里取。”

“超酷的松鼠！”安东赞道。

“笨松鼠！”爸爸反驳道，“你不知道它爬到我身上的时候多让人发痒。”

“勇敢的松鼠！”

安东笑了，他很高兴目睹松鼠是怎么爬进爸爸口袋里的这一过程，但他有点儿嫉妒爸爸，他也希望小松鼠爬进自己的口袋里。当爸爸看向别处时，安东偷偷放了几颗坚果在自己的兜里，但是勇敢的小松鼠却没有再出现。父子俩又喂了一会儿鸟，然后将剩下的瓜子、坚果撒在地上。

“该准备回家了。安东，天要黑了。”爸爸说。

临走前，安东又四处看看会不会有小松鼠跑出来。但是撒满瓜子和坚果的地上只有山雀、鸽子和麻雀在忙活着。

10.

猫狗四重奏

周六，安东和爸爸从音乐学校回家。安东非常喜欢爸爸接送自己上下学。在路上，他们经常一起做爸爸起名为“路边的歌”的游戏。比如，爸爸拿着手机录下汽车驶过的声音，然后让安东猜猜哪个音符能发出这个声音。

安东听着，然后说出对应的音符。

爸爸也努力地去听。

“对吗？没错？好吧，我们回家检验一下。”

有时，爸爸让安东听小麻雀的叫声。安东听着麻雀叽叽喳喳地唱出四个高音，说这四个音符是“嗦咪啦西”。

又或者，有人推着一辆婴儿车经过，一个小孩儿在车里哭。爸爸录下小孩儿的哭声，让安东说出哭声的音符，爸爸半信半疑地摇摇头。一回到家他们就用钢琴来验证，安东总是对的。他用音符演奏了飞驰而过的汽车声、婴儿的哭声，还有麻雀叽叽喳喳的叫声，爸爸听着这个和弦，他非常喜欢。

“你真棒，安东！”爸爸称赞道，“毕竟，这么美妙的声音是从我们每天都能听到的寻常声音中诞生的，孩子的哭声、汽车的行驶声，还有麻雀叽叽喳喳的叫声。如果你演奏这个，那一定很好听！”

但今天，他们没有做“路边的歌”的游戏。天下着雨，又湿又冷，爸爸和安东赶紧往家跑。当他们跑到楼门前，一只大黑狗突然从里面冲出来朝他们汪汪大叫，吓得安东和爸爸赶紧后退了几步，关上了大门。父子俩疑惑地看着彼此。

“它从哪儿冒出来的？”爸爸很惊讶。

爸爸打开一条门缝，小心翼翼地朝门里看去。

“没在楼梯上。”爸爸小声说着，慢慢向里走。

但当爸爸的脚刚踏上楼梯时，这只大狗又开始朝他狂吠。爸爸飞快地从楼道里跑出来，关上门，背靠在门上。

“我们该怎么办？”爸爸说着拿出手机，“斯维特，家门口有只狗不让我们回家。”爸爸开始向妈妈解释着：“当然，安东和我在一起……这是谁家的狗？它就趴在咱家门口的地垫上，我一靠近，它就冲过来……是的，我知道，我们暂时不进去，我们避开它，之后你试着给我们开门，要小心点，别让它吓到你。”

爸爸将楼道门打开，用一块石头顶住门，这样门就不会砰地关上。

“来吧，安东，我们离它远点。”

爸爸拉着安东的手走到房子拐角处，他们等着大黑狗从大门里冲出来，但是它没出来，爸爸的电话响了。

“我们在这儿，在拐角处呢。”爸爸对着手机说，“没，它没有出来。还在……可能，它在楼道里取暖。门打开了，它也没有跑出来。为什么，我忘记关门了？可能是我……这有什么区别？”

爸爸拿着电话点着头，说：“好！”

安东跟在爸爸身后，走到自家窗户附近。

“拿着香肠。”妈妈打开窗户，递给爸爸一块相当有分量的香肠，

“也许可以用香肠引它出来，只是要把它引得离门远些才行。这样你们就可以抓紧跑回来。”

爸爸心疼地看着这块香肠，闻了闻。这可是爸爸最爱的熏肉香肠。

爸爸勇敢地走向楼道门口，把香肠放在台阶上。但是爸爸没有计算好距离，他把香肠放在了最下面的台阶上。安东和爸爸又躲到拐角处等着狗跑出来，大狗还是没有出现。

“不会太久的。它还没有闻到香肠味，应该放得离它近些。”爸爸说。

爸爸又回到大门口，从最下面的台阶捡起香肠，瞄准扔到了最上面的台阶上，但大黑狗还是没有出来。

“斯维特！”爸爸敲着窗户喊道。

妈妈看了看。

“再给我拿些香肠，再大点，切成片。顽固的大黑狗，用一块香肠骗不动它，还必须扔进它贪吃的嘴里！”

妈妈又拿出了一些香肠，爸爸问：“还有其他的吗？只有这一种？也许它不喜欢熏肉香肠，要不给它来块肉？”

“肉必须得解冻才行。”妈妈反驳道，“肉可以解冻，不过等待解冻的时间你俩可就遭殃了，不等肉解冻好，可能要先给你俩‘解冻’。就给它拿香肠吃吧，不能抠门儿。”

“唉，好吧！”爸爸叹着气又重新回到楼道门口。

安东依旧跟在爸爸身后。

大黑狗又汪汪地叫了起来，比之前叫得更凶猛更大声了。爸爸跑出来，抓着安东冲向拐角处。

“就这样。”爸爸得意地说，“我直接把香肠扔到它脚下。这只耍无赖的狗马上就会乖乖地从楼道里走出来。”

爸爸把香肠从台阶上一直铺到马路上，就像铺了一条香肠路，但大黑狗还是没有出来。

“嗯！怎么回事？”爸爸生气地说，“好吧，我要给你点颜色瞧瞧！”

爸爸拿着手机走进楼里。突然，安东听到了撕心裂肺的猫叫声，紧接着是嘶吼的狗吠声。爸爸像被开水烫了一般从楼门口“飞”了出来，猫的尖叫声似乎在爸爸紧握成拳头的手中，与此同时，大黑狗出现了。它咬牙切齿、目露凶光地瞪着爸爸。

这时，猫的叫声戛然而止。

大黑狗在门口嗅到了第一片香肠的味道，它吃了下去，随后发现了第二片……是的，大黑狗从门口一路吃着香肠，经过了门口的长椅和垃圾桶。安东和爸爸飞奔进楼里，砰地一下关上了门。

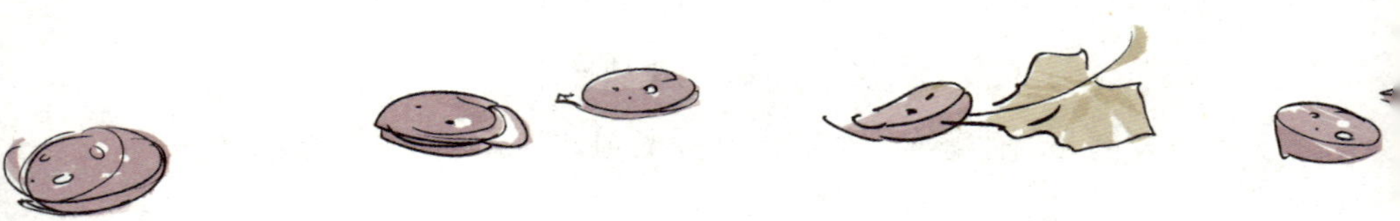

整个晚上，一家人都在讨论这只大黑狗。父子俩讲述了事情的详细经过：这只大黑狗是如何阻止爸爸和安东回家的，妈妈是怎么在门口和窗口之间忙来忙去的，妈妈的心里有多么担心爸爸和安东，以及她对大黑狗的愤怒。

只有外婆没有参与这次冒险行动，她在房间里睡着了，什么都没听到。他们给外婆讲了大黑狗事件，外婆抱怨说应该叫醒她，因为她有办法送这只狗出大门，这样就不必白白浪费一根香肠了。

“你怎么想起来播放‘猫音乐会’的？”妈妈好奇地问，“我都忘了这个办法了。你不仅想起来了，还勇敢地完成了这件事！真了不起！”

面对妈妈的表扬，爸爸十分开心。他们开始回忆起夏天在海边度假的那段时光。当时在他们租住的房子窗下总有两只猫，它们每天都在那里开演唱会。

两只猫，一只是褐色的，另一只是黑色的。不知道白天它们都躲在哪里，一旦夜幕降临，它们就会来到安东和爸爸妈妈的窗下“唱歌”，一直唱到凌晨三四点。有时它们不歌唱而是嚎叫一通，然后就打起仗来，打了一会儿后，它们又继续唱起二重唱，一只猫的歌声低沉沙哑，另一只猫的歌声则高亢嘹亮。高亢嘹亮的总是领头，然后伴着低沉沙哑的旋律，有时它们会在同一个音符上合唱，然后再分别独唱。

“它们可真厉害！”爸爸当时赞叹道，“它们还能用两种声调同时演唱，这可是复调音乐[①]。”

“天哪！”妈妈叹气道，“你还能欣赏它们唱歌?！猫叫得让人睡不着觉，你还有心思讨论复调……你最好赶紧弄明白怎么关闭这个复调音乐，我真的太困了。”

“我会想出办法的。”爸爸高兴地答应。

一天晚上，当猫叫得特别大声时，爸爸将它们的声音录了下来，然后播放这段录音。这时就不是两只猫在唱歌，而是四只猫在唱歌——两只在窗下，两只在屋里。

“我受不了了！”妈妈用枕头蒙住头。

突然，外面的猫安静了下来。

“哈哈。”爸爸叫道，“它们傻了吧……”

那天晚上，他们再也没有听到外面那两只猫的“歌声”。

第二天晚上，那两只猫又来了，爸爸一听到外面的窸窣声和猫的试探声，就立刻打开之前的录音。窗外的猫又陷入了沉默，很明显它

①复调音乐：即多声部音乐，通过技术性处理，将两种以上的独立旋律和谐地结合在一起。

们不喜欢唱四重奏,要知道二重奏和四重奏完全不一样。

在那之后,他们再也听不到猫的演唱会了。

夜晚,安东躺在床上。当他快要入睡时,爸爸像往常一样走了进来。父子俩又聊起了大黑狗的话题。

“爸爸,您还记得我弹奏的‘描绘清晨’的那支曲子吗?”安东问。

“记得。”爸爸笑着说。

“我的那首曲子描绘的是一个叔叔在行走,然后我想象一只奔跑的狗和他相遇。”

“那首曲子真的特别好听!不过很遗憾,你不能再次演奏它。”爸爸叹息道。

“就是那只狗没让我们回家。”安东很确信。

爸爸笑着看着安东:“你创作的那只狗?”

“是的。”

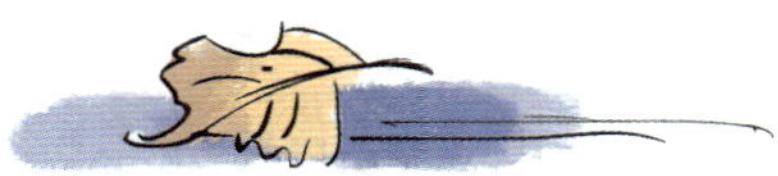

11.

《迷路的秋》

十二月悄然而至,但冬天还没有真正来临。几乎每天都在下雨,阴沉枯燥的雨天,不似时有彩虹架在城市上空的夏天那般明媚、令人喜悦。安东已经创作了很多首关于雨、灰色城市的曲子,但是他对这些曲子都不满意。

妈妈下班回家了,她抖着雨伞上的雨水说:“今年的秋天真是令人压抑。”爸爸则说:“不是压抑,而是迷茫。”这时,安东立马“看到”了他创作的关于秋天和雨的曲子中一直寻找却始终没有找到的画面。

他想象着:疲惫不堪的秋天拖着湿淋淋的雨衣在城市里游荡、徘徊,她看着一幢幢楼房、一条条街道,双脚无力地踩进人行道的水洼里,她流着泪,哽咽着,她已经没有力气飞出这座灰色之城。

安东听到了她的脚步声,创作了乐曲《迷路的秋》。

但是这首乐曲的旋律并不是完全按照安东想象的画面表现出来的。安东一遍一遍地修改,仍然没有使乐曲变得完美。失望之际,他将这首曲子弹给妈妈听,其实他更希望这首曲子的第一位听众是爸爸,只是今天爸爸还没有下班,而是妈妈先到家了。

“我很喜欢。”妈妈说,“优美又忧伤,只不过,你忘记玛娜娜老师跟你说过的话了吗?”

安东没有忘记。

两节课前，安东弹音阶[1]时，玛娜娜老师让安东停了下来。她在教室里转来转去，还为自己泡了一杯茶，又浇了浇花。玛娜娜老师一直没有作声，但她越沉默，安东就越害怕她突然开口说话。

“安东，你是一个神童，拥有极高的音乐天赋。但你完全没按照我的要求去做。每一节课我都提醒你：手指不要塌下来，手腕要支撑住。你呢？就像是啪啪地拍键盘。唉，我不明白，究竟是怎么了？你把手指分开，手腕支撑住！从一开始上课我就在纠正你的手势，每节课都要反反复复提醒你这件事！这样的姿势是不能弹琴的，你明白吗？上节课我也给你纠正了，纠正后你的手听话了些，也能用正确的手势弹琴。今天呢，又怎么了？老实说，你是不是没有练习，又去作曲了？”

安东低下了头。

“怎么不说话了？作没作曲？”

安东没有抬起头，只是默默地点了点头。

“这次创作的主题是什么？”

“关于小松鼠的。”安东坦白道，“小松鼠是怎么跑到爸爸口袋里的。”

“跑到口袋里，为什么跑到口袋里？”玛娜娜老师不解。

“为了吃坚果，还因为秋天下雨了。”

“哦，天哪！”玛娜娜老师长叹一声。“好吧，我明白了。安东，如果你不能心无旁骛地弹钢琴，这对你来说只会更糟，很多伟大的作曲家都曾是杰出的钢琴家，像肖邦、拉赫玛尼诺夫、普罗科菲耶夫……这

---

①音阶：以一定的调式为标准，按音高次序向上或向下排列成的一组音。

就意味着——”老师站在安东面前，“我希望你停止作曲，至少是现在。你要先学会熟练、协调地用双手弹琴，掌握好弹琴的手势。”

谢廖沙的课正好排在安东的课后，他听到了玛娜娜老师和安东谈话的结尾，当听到玛娜娜老师说希望安东停止作曲时，他幸灾乐祸地笑了。

老师给安东打了2分[①]。晚上，玛娜娜老师给安东的妈妈打电话，向妈妈抱怨了很久，说了安东弹琴时的手势、弹钢琴的方法，以及应该先学会弹琴再学作曲的理念。妈妈听着老师的话，点头表示同意。随后妈妈找安东谈话，告诉安东老师说的对，要听老师的话，不然就会被学校开除。

上第二节课时，玛娜娜老师又批评了安东。当谢廖沙上前准备演奏时，玛娜娜老师并没有让安东回到自己的座位上，而是让安东观察其他同学是怎么弹琴的，还说“不仅要听，还要向谢廖沙学习弹琴时的手势”“十月的比赛谢廖沙获得第二名”。玛娜娜老师对安东说：“这是很好的成绩！”

“不是很完美。”谢廖沙小声说，“我可以弹得更好！凭什么第一名不是我的？”

“谢廖沙，我已经给你解释过了。”玛娜娜老师叹了口气，“只有弹琴技术是不够的，你的弹琴技术当然很好，但是跟你的竞争对手相比，你弹奏的乐曲缺少穿透力和感染力，这同样很重要。”

“这不公平！”谢廖沙说，“我演奏的乐曲更复杂、难度更高。”

---

①俄罗斯考试实行5分制，3分为及格，4分为良好，5分为优秀，一般2分是不及格，没有1分和0分。

安东很诧异谢廖沙竟然敢和老师顶嘴，安东有点儿怕玛娜娜老师，她真的很严肃。

“我们暂停讨论这个话题。”老师说，“我相信，当你不再抱怨时，你会对此事做出正确判断。好了，不闲谈了，开始今天的练习。”

玛娜娜老师和谢廖沙用双钢琴①开始弹奏巴赫的乐曲，他们在为下一场比赛做准备。作品弹奏结束，玛娜娜老师和谢廖沙又分别练习各自的乐曲段落，有时谢廖沙会得意地看着安东笑，那种表情和笑容让安东很不舒服。

安东又带着没有练好的弹奏作业来上课，这几天他没怎么练习弹音阶 。他一直在尝试寻找可以描绘在灰色城市中《迷路的秋》这幅“画”的声音，但是无论他怎么描绘，“画”都和他脑海中想象的不一样。

玛娜娜老师没有听完安东的弹奏练习就站了起来，她盯了安东几秒后，从教室走出去了。

过了一会儿，门开了，玛娜娜老师回来了。

“叶莲娜主任请你去她那儿。”她说，“走吧，我带你去。”

他们慢慢地在走廊中走着，每间教室都传出音乐声，有欢快的、悲伤的、热烈的、忧郁的，甚至还有严肃的、愤怒的……安东又听到不知从哪儿传来的音乐声。

他们来到叶莲娜主任的办公室门口。玛娜娜老师推开门，让安东站在前面。

---

①双钢琴：一种钢琴艺术表演形式，通常在演奏会上对着放两架钢琴，由两位钢琴家共同演奏。

“我来了,叶莲娜主任。”玛娜娜老师说着,但未进办公室。

“请进。”叶莲娜主任看着安东,“我们聊一聊。你好,安东,进来吧,坐在沙发上。”叶莲娜主任随手关上了办公室的门。

安东第一次来叶莲娜主任的办公室,他好奇地环顾四周:办公室里除了沙发还摆着一张桌子,墙边摆着几把学校里随处可见的椅子,墙上没有挂肖像画,而是挂着用相框镶着的文凭证书,屋里还摆着一台安东以前从没见过的乐器。

这台乐器和钢琴很像,比钢琴小一点儿,但又不像妈妈的玩具钢琴那么小，也没有伊利亚爷爷送的那架钢琴大。这台乐器的琴盖开着,安东对它的琴键充满了好奇,因为钢琴上的白琴键对应在这台乐器上则是黑琴键,而钢琴上黑琴键的位置则对应这台乐器的白琴键,这台奇怪的乐器与家里的钢琴截然相反。

安东走近这台乐器,按下黑色琴键,它的声音很轻,仿佛玻璃破碎一般清脆、空灵。有些奇怪,安东还按着琴键,但琴声却马上消失在空气中。这和钢琴不一样。如果你按着钢琴键,钢琴的声音不会立刻消失,而是在长长的余音后才慢慢消失。

安东再次按下琴键,清脆、空灵的琴声再次传出。他搬来一把椅子,放在这台乐器前,坐下并开始弹奏《迷路的秋》。现在,整首乐曲的旋律完全符合安东想表达的声音——轻盈悦耳，温柔中带着一丝伤感。

“喜欢这台乐器吗？”叶莲娜主任问。

“非常喜欢。”

“这是大键琴。你刚刚弹的是什么？自己新创作的乐曲吗？”

安东点点头。

“太美妙了！”叶莲娜主任夸赞道，“这首乐曲叫什么名字？”

“《迷路的秋》。”

“迷路？”叶莲娜主任诧异地问，“秋天在哪儿迷路了？”

“在城里。她走在街上，找不到回家的路了。”

“她是来城里做客吗？”叶莲娜主任微笑着问。

安东想了想，他喜欢这个想法——为庆祝节日，秋天乘着飞行马车到城里做客。在一片欢声笑语中，她突然想一个人待会儿，便离开了热闹、欢乐的广场。但城里有太多的房子、街道和广场，她迷路了。她走在街上，怎么也找不到载她来的飞行马车停靠的那条街了。

“她是来做客的。”安东小声回答。

“这首乐曲非常动听。”叶莲娜再次称赞道，“只是我要和你聊另外一件事，我不得不告诉你，我有些生气。”

叶莲娜主任和玛娜娜老师一样，开始说在学校应该先学习弹奏，而不是先学作曲，还说安东遇到了全校最好的老师。突然，叶莲娜老师停下说了一半的话，认真地看着安东：“你在听我说话吗？”

安东没有回答，他看着大键琴，叶莲娜主任说的话，一个字他都没有听到，更准确地说他听到了，但是没有明白她的意思。他的脑海中还回响着刚才那台与钢琴完全相反的奇怪乐器的声音。

起初，他的脑海中只是浮现出关于秋的乐曲片段，之后，他听到了完全不同的旋律。安东非常喜欢这两种旋律结合在一起的声音，现在他尝试回忆第一次听到这个声音是在哪里。回忆是非常非常重要的。

叶莲娜主任从沙发上站起来，走到桌边。

“没有听懂我的话……”她叹着气，观察着这个坐在她身旁的小男孩，但是对安东而言，这一切仿佛不存在。“要怎么和这孩子沟通呢？”叶莲娜主任自言自语道。

安东继续沉默着。

“安东，听着，你没有上过亚历山大老师的作曲课吧？他教孩子们尝试创作乐曲。”

亚历山大老师就是那位在入学考试时和安东一起合唱的老教师。

“我不去。”

“天哪，怎么会这样！”叶莲娜主任感到惊讶，“没有谁比你更适合上亚历山大老师的课了。作曲课非常有趣，亚历山大老师本人就是一位非常优秀的作曲家。他的课在每周六，我会告诉他的。你周六一定要去。听到了吗？一定要去。现在回去吧，安东。别难过，一切都会好的。”

安东起身向门口走去，他又回头看了一眼大键琴，他希望自己的家里也有一台这样的乐器。

回家的路上，安东的脑袋里一直回响着大键琴的声音，其他的安东什么都记不进去，听不进去。

安东回到家后立刻跑到钢琴前弹奏《迷路的秋》,但在他听过用大键琴弹奏的这首乐曲后，用钢琴弹奏这首曲子的效果使安东很失望。他停止弹奏,懊恼地坐在电脑前玩着“手推车”的游戏,还暗暗决定:在自己没有找到大键琴和其他乐器能完美配合演奏前,他不会再创作任何乐曲。

下一节课,安东弹了音阶和一首名叫《熊》的练习曲,这首练习曲还是玛娜娜老师很久前留的作业。玛娜娜老师很满意安东这次的表现,在课上夸奖了安东“继续保持”,并给安东打了 5 分。

周六,合唱和视唱练耳课结束后,叶莲娜主任亲自带着安东去了亚历山大老师的班上。

12. 肖像画

所有的学生都坐在教室里，亚历山大老师还没有来。安东环顾四周，他只看到了熟悉的奥莉佳、萨沙、谢廖沙，其他同学他都不认识。

安东还看到一个金色头发的女孩，她微笑地看着安东，安东走过去坐在她身旁。

"你是安东吧？我叫卡佳。你在玛娜娜老师班上学习，我听说过你。"卡佳说。

亚历山大老师来到教室后，叶莲娜主任向他介绍新同学。亚历山大老师与安东握了握手，表示很高兴和他一起学习。叶莲娜主任走后，大家开始上课。

"为了让新同学了解我们的课程，我简要地说一下上一堂课的家庭作业——为这段旋律配和弦。"亚历山大老师说。

亚历山大老师坐在钢琴前演奏了一段欢快激昂的旋律。安东立马想象出这样一幅画面：亚历山大老师的目光穿过厚厚的眼镜片看着这些学生，高兴地唱着歌，他的高音常常破音，尽管如此，他还是清了清嗓子后继续高歌。

"就是这段旋律。"亚历山大老师说，"现在来看看你们配的和弦怎么样。"

学生们挨个儿上去演奏。每当亚历山大老师演奏时，安东都能分辨出他弹出的旋律，只不过有时容易，有时稍费力些。同学们创作的和弦有的高亢、有的沉静、有的隆隆作响但完全听不到旋律、有的把旋律引得非常响亮，却把和弦丢了。安东觉得很遗憾：卡佳的作业完成得并不好，她用空洞寡淡的和弦搭配了这段旋律。

最后一个演奏者是谢廖沙。他走到钢琴前，鞠躬，坐下，开始弹奏。刚刚在亚历山大老师指下简单明快的旋律现在听起来仿佛一个邪恶的小矮人在舞台上疯狂尖叫、咆哮、做鬼脸。谢廖沙指下的琴键也在喊叫、怒吼。安东用双手捂住耳朵，甚至闭上了眼睛，他担心钢琴的脚踏板会被谢廖沙踩塌。

谢廖沙结束弹奏，起身鞠躬。

有些同学鼓掌，有些同学哈哈大笑。安东看看卡佳，发现她似乎并不喜欢谢廖沙的乐曲。安东很高兴，因为他也不喜欢这首曲子。

亚历山大老师沉思道："每种表演都有存在的权利。只是你——谢廖沙没有正确理解作业，我要求你们配和弦。要知道，很多时候我们的演奏是由独唱者来决定的，我们要为他们配钢琴曲。想象一下你在唱歌，有一位钢琴家要为你伴奏。无论你是完整演唱，还是只唱一小段，钢琴伴奏的和弦都是由你来决定的。谢廖沙为我们展示了自己的演奏技巧，毫无疑问，你的演奏技巧无可挑剔。只是我想你应该反

思一下，你的演奏与作业要求的为一段旋律配和弦没有任何关系！”

“那又怎么样，我的和弦很配这个旋律。”谢廖沙冷笑道。

安东发现，在谢廖沙和老师对话时，卡佳曾气愤地瞥了谢廖沙一眼。亚历山大老师的双眼茫然地透过镜片看着谢廖沙。

突然，安东有了灵感：如果老师演奏的旋律不是大调，而是慢速的小调，那就会很完美。这首乐曲就像一幅音乐肖像——卡佳的肖像。

安东自己都没有觉察到他举起了手。

“怎么，安东，你想说什么？”亚历山大老师问。

安东点点头，突然紧张得嗓子都哑了。

“说吧，别紧张。”亚历山大老师鼓励他。

“我也可以试试吗？”安东下定了决心。

“太好了，来试试吧！拿着乐谱。”他递给安东乐谱册，“你会识乐谱了吗？”

“您凭什么给他乐谱？！”谢廖沙气愤地说，“您都没有给我们乐谱！我们都是用耳朵听着去配和弦的。”

亚历山大老师刚要回答，安东抢先道：“我不需要乐谱。”

他走到钢琴前坐下。安东一看到琴键，便不再紧张。他再一次听到了自己心中的旋律，然后将它用小调演奏出来。安东想象卡佳正在唱一首忧伤的歌曲，而他正在为她轻声伴奏，以免淹没了卡佳轻柔的歌声。一个音都没有走调儿，他顺利完成了演奏，而这段和弦也将他引到一个自己从未想到的和弦音中，这是由七个音符组成的复杂却又美妙的和弦……安东专心地听着，努力记着，直到琴声完全消失。他将双手从琴键上收回来，看了看老师，又看向卡佳。

“真不错！”安东听到背后传来赞美声。

其他同学开始鼓掌，除了谢廖沙。谢廖沙看着安东，目光冷漠又犀利。同学们都过来围着安东，夸赞他和弦配得太棒了！

亚历山大老师也夸奖安东，说他喜欢这种“解题”方式。

“但是为什么你用小调演奏，而不是用大调？”

安东耸了耸肩。

“我也想耸肩。”老师笑着说，“要知道，你是对的。听了你的和弦后，我觉得这段旋律只有用小调演奏才能完全展现出……也就是说，小调的和弦能够呈现旋律本身的光彩。同学们，我要向你们坦白，这段旋律是我目前正在创作的小提琴协奏曲的主旋律，但现在我不知

道该怎么办了。”亚历山大老师叹着气看向安东：“我的小神童朋友，要是你，你会怎么设计这段旋律？你在和我这个老头子开玩笑吗？看来我不得不重新创作了！”

老师笑着说，所有同学也都笑了，只有谢廖沙轻蔑地看着安东：“哼，作曲家！”

13.

不速之客

十二月中旬，冬天真正到来。夜晚暴风雪怒吼着，窗玻璃被吹得劈啪作响。

妈妈还没下班，安东和爸爸决定做“甜土豆”。父子俩非常喜欢吃甜土豆，甜土豆的制作也很简单：将饼干放入破壁机中打碎，在铁锅中加热黄油，将打碎的饼干倒入大沙拉盘中，倒入融化的黄油，打两颗鸡蛋，加入熬好的炼乳，最后将所有材料混合，将土豆蘸上这些材料后放到冰箱的冷冻室中。

“我们要有一座新房子了。”爸爸将土豆放进冰箱的冷冻室时说，“新房子有一个阳台。你觉得土豆在寒冷的室外会被冻住吗？当然会被冻住！冻得能把我们的牙硌掉。”

但是现在没有阳台，甜土豆只好放在冰箱里冷冻。

妈妈非常不喜欢他们父子俩做甜土豆，她常抱怨，他们做完甜土豆后，自己不仅要把厨房清洗一遍，还要将整间屋子打扫一遍。因为她在地板上、门把手上、桌子上、厨房和卧室里都看到了油渍，甚至连走廊的自行车上都有。

爸爸和安东尝试反驳妈妈。他们发誓做完甜土豆后一定洗手，还会保持厨房和其他房间的整洁。妈妈带他们四处找甜土豆的痕迹，爸爸和安东只能耸着肩说不知道这些油渍究竟是怎么弄上去的，就像出现在安东房间门把手上的甜土豆印，他们确实不清楚，因为父子俩并没去过那个房间。

爸爸在用破壁机打碎饼干时，房间里正播放着肖邦的圆舞曲，安东告诉爸爸要怎样理解大调和小调。

“调性[①]就像心情一样。”安东解释道，“大调是欢乐明亮的，小调则是暗淡忧伤的。”

“心情，那就意味着……”爸爸思索片刻，“那如果我开心，却不是那种哈哈大笑的开心呢？这种情况时常发生，快乐中夹杂一些忧伤，或者忧伤中有一丝欢喜。那应该是什么样的调性？大调还是小调？”

安东想了想，他无法用语言来解释具体应该用什么调性，但用钢琴演奏和弦还是很简单的，或者编一首忧愁又明快的乐曲也不难，但要用语言去描述，真的太难了。因为在一首音乐作品中经常可以听到多个调性。

突然，爸爸和安东听到了非常奇怪的声音。并非声音本身奇怪，而是这怪异的声音竟是从安东的房间里传出来的，那是嘈杂的叽叽喳喳的叫声。父子俩推开门，在门口呆住了。

琴盖上站着一只波纹虎皮鹦鹉。它看着父子俩，一下飞到房顶的吊灯上，然后又飞到柜子上，又从柜子上飞到窗台上，还响亮地叫着。

“这简直是一棵移动的圣诞树。”爸爸兴奋地说。

“哇！”安东高兴地喊道。

安东伸出手慢慢地走近鹦鹉。这只鹦鹉的肚子是绿色的，头、背部和翅膀上有灰色波浪纹，喙是黄色的。安东非常想摸一摸这只鹦

①调性：调的主音和调式类别的总称。例如以 a 为主音的小调式，其调性为“a 小调”。

鹉，但只要他一靠近，鹦鹉就从窗台上飞到吊灯上。

“这是一位客人！这位客人，你从哪里来？”爸爸惊讶道，随即他发现安东的房间有一扇窗户是打开的，“哦，明白了。虽然我还不确定……但现在是冬天，毕竟鹦鹉不会在冬天满城飞来飞去，但是，鹦鹉也不会在夏天飞来飞去。也许，它是逃出来的！”

鹦鹉飞到了钢琴上。安东走近它，小心翼翼地伸出手，尝试抚摸它，但鹦鹉大叫着又飞到了吊灯上。

“也许，它不是逃出来的。”安东猜测，“也许这是一只没有主人的鹦鹉，它自己住在这条街上？”

“不可能，安东。这只鹦鹉像是家养的，它无法单独在户外生活。可能有人把笼子和窗户都打开了，它就决定飞出来呼吸呼吸新鲜空气，但它忘了回家的路。也有可能它的主人忘记关鸟笼的门，猫想要抓它，它从猫爪下逃了出来。我们应该为这个‘逃犯’做点什么呢？有必要先从它逃进来的地方下手，以防它再次逃跑。它在我们这儿会冻坏的，我们需要一个有栖木、有小门的鸟笼。还得带点什么呢？你知道吗？我从来没有养过鹦鹉。”爸爸坦言。

“我也没有养过鹦鹉。”安东喊道。

“那我们该怎么办呢？让我想想，在明早前应该给它弄个住的地方，到了明天早上……明天是工作日……不管怎样，明晚应该把这个‘逃犯’送回主人家。”

安东吃惊地看着爸爸。

“它的主人可能正在寻找它。”

“我们能留下它吗？”安东怯怯地问。

“不，安东，不能这么做。我们应该找到它的主人，也许他就住在我们楼里。可能它是从萨莫伊洛夫家跑出来的？因为我们楼上没有住人，自从给你送过一架钢琴后，我就再没见过康斯坦丁。没错，它是从萨莫伊洛夫家来的客人。等下，我现在……”爸爸迅速走出房间。

安东看着鹦鹉，鹦鹉也时不时瞥一眼安东。但它始终没有从吊灯上飞下来，可能靠近天花板会让它更有安全感。

爸爸回来了，他的手里拿着一个带把手的小箱子。

“我从咱们邻居家拿来了这个。这只鹦鹉不是萨莫伊洛夫家的，这就是为什么他给了我这个。一周前，他家的猫被送到了兽医那里。”

“这是什么？”安东不明白。

“猫咪便携箱。”爸爸说，“让这个‘逃犯’暂时住在这里吧。”

“什么？装猫的？”安东吓了一大跳。

“怕什么？猫又不在这里。”爸爸笑着说，“瞧这儿！”

爸爸用钥匙将箱子打开。安东看到这个箱子底部是木质的，顶部和门都是用塑料做的。

“看吧，里面没有猫。”爸爸又说。

安东满是怀疑地看着猫咪便携箱，仿佛里面有一只藏得很隐蔽的猫，只是自己看不到而已。

爸爸去厨房拿来一块面包，又在小碟子里加了一些水，把它们放进猫咪便携箱。

“现在我们来抓它！”爸爸指挥着，他跳起来轰赶鹦鹉。

鹦鹉满屋子飞来飞去，父子俩在后面追着它。它时而落在钢琴上，时而飞到吊灯上，歇斯底里地大叫。为了不让它飞到外面，爸爸和安东齐声大喊：“你会冻坏的！”

爸爸爬到通风窗边，在鹦鹉靠近前砰地一下关上了窗。

“别飞走，不要飞走。”安东劝这位“客人”。

这只鹦鹉仿佛屈服了。它转身飞向钢琴，又飞到书架上，然后迅速振翅冲向沙发，把书架上的书带落下来好几本。还没等落到沙发上，它又疾飞到吊灯上，从吊灯上又飞到柜子上。安东和爸爸追着它跌跌撞撞地跑来跑去，始终没有放弃。

外婆饶有兴趣地看着一片狼藉的房间，还明知故问是谁把房间弄成这样的。

“外婆，我们要抓一只鹦鹉！”安东气喘吁吁地说。

外婆用手指揉了揉太阳穴，转身关上了房门，仿佛没有看到鹦鹉。

疯狂的追逐让父子俩很快就筋疲力

尽了，他们瘫倒在沙发上。鹦鹉从柜子上飞到钢琴上，好像什么都没发生过一样，开始打理自己的羽毛。

“真是个放肆的家伙！”爸爸说，“你飞来飞去干什么？我们只是希望你好好地度过这一晚。让我们再试着抓一次这只‘幸福鸟’。”

“为什么是‘幸福鸟’？”安东不解。

“因为一首歌里这么唱——‘幸福的鸟儿明天飞来……’啊！”爸爸刚站起来，就被电脑线绊倒，趴在了地板上。“唉，我要累死了。”爸爸说着直接躺下了，“我们休息一会儿吧。”

“休息一会儿。”安东也躺在爸爸身旁。

走廊门砰的一声响，妈妈下班回来了。安东和爸爸从地上蹦起来，跑到妈妈身边，争先恐后地说着鹦鹉的事。妈妈看着这位不速之客笑了笑，然后从口袋里拿出一块手帕，小心翼翼地走近鹦鹉，巧妙地将手帕盖在它身上，迅速将它制服了。

“放到这里？”妈妈指着箱子问。

爸爸和安东点头示意。妈妈将鹦鹉放进箱子里，关上了箱门。

“很久了？”妈妈环视着房间，确定了破坏程度后问道。

爸爸和安东都没有回答，只是互相看了看，耸了耸肩。

“家庭委员会”决定写一份“遗失鹦鹉招领”的启事并将其张贴在附近住宅的墙上，以便鹦鹉的主人看到启事后来认领它。晚饭后，安东和爸爸开始思考这份启事应该写什么。

“应该简明扼要。”爸爸打开电脑说。

爸爸快速地编写好内容，打印出来给安东阅读。

内容如下：

遗失鹦鹉招领

外貌描述：绿色的肚子、灰色波纹的头、黄色的喙。

请其主人于 18:00-20:00 电联

（以下三个电话号码分别为爸爸的、妈妈的手机号码和家里的座机号码）

请询格里沙或斯维特

这就像贴在大门口黑板上真正的告示一样。

“怎么样？”爸爸问，“一目了然吧？”

安东点点头。

“来，帮我把剪刀拿来，把贴着电话号码的部分剪开个口，这样人们撕电话号码更方便些。”

安东拿着剪刀开始帮助爸爸，要与鹦鹉分开使他很难过。

“我们应该张贴多少张启事？”爸爸似乎没有注意到安东的沮丧，“让我来算一算。周围有十栋房子，太远的不算，鹦鹉翅膀短，也飞不了那么远。这就意味着十个……其中两座塔楼只有一个门，其他每栋房子有四个入口，要打印多少呢？”爸爸在脑子里计算着，喃喃道：“三十四张……”

爸爸叹了口气，看着窗外，暴风雪还在肆虐。安东知道爸爸不想出门。但爸爸还是打开了打印机。当打印机不再嗡嗡作响时，爸爸去穿衣服，安东也停下手里的活儿准备出门。

“你们去哪儿？”妈妈问。

“贴启事去。”爸爸穿着一只鞋在走廊里蹦着说。

“今天太晚了，你们哪儿都别去了，明天上班前再去贴启事。”妈妈严肃地看着爸爸。

“来不及。”

“既然上班前去贴来不及，那就下班后再去贴。现在，睡觉！”

安东和爸爸只好回屋睡觉，因为有时候和妈妈唱反调是没用的，今天就是这种情况。

14.

a小调

第二天晚上，爸爸带回来一个鹦鹉笼。这是一个十分宽敞的鸟笼，笼里悬着两条栖木——用两条细线固定在笼顶，笼子的两侧还带着饮水槽和食物槽。

爸爸说："它在这里会住得很舒服。"

"你贴启事了吗？"妈妈质疑道。

"贴了。"

"三十四张全都贴了？"

爸爸沉默了。

"贴了一半？"

爸爸再次陷入沉默中。

"一张都没贴？"

"贴了，贴了九张。"

"九张？为什么只贴九张？"

爸爸耸了耸肩。

"好吧，说不定到时来认领的人太多，一只鹦鹉都不够了。"妈妈叹口气。

"是谁家的，谁就会找来。"爸爸说着给安东使了个眼色。

安东喜欢这个鹦鹉笼，笼架是白色的，底盘是亮褐色的。父子俩将鹦鹉笼放在桌上，往饮水槽中倒上水，将爸爸从宠物店买来的饲料放在食物槽中。

然后，爸爸妈妈和安东小心翼翼地将鹦鹉从猫咪便携箱中抱出来放到笼子里。当爸爸抱着它搬家时，鹦鹉惊恐地叫着，还试图挣脱爸爸的双手。

“现在应该为它取一个名字。”爸爸说，“它现在有小窝了，但是没有名字。这可不好，你知道鸟有哪些名字吗？”

安东想了想，一个名字也没有想出来。他脑袋里只有老鹰、乌鸦、鸽子、鹳、麻雀、山雀、燕子这样的词。

“我也不知道。”爸爸叹着气，“要不我们上网搜搜？”

爸爸在搜索框中输入“鹦鹉名”，父子俩挨个儿念着，只是他们没有料到会遇上这样的问题：从网上搜索的鹦鹉名按字母顺序排成两列，分别对应母鹦鹉和公鹦鹉。

“我们这只是公的还是母的？”爸爸疑惑地问，“公鹦鹉和母鹦鹉应该怎样区分呢？”

“让我们再搜索一下。”安东建议。

他们继续在网上搜索，然后开始研究鹦鹉的鼻子，试图弄清楚它究竟是什么颜色。

“看，它的鼻子是蓝色，这是公鹦鹉！”安东激动地说。

“那是羽毛的颜色。”爸爸不同意安东的结论，“你看下面！黄色，甚至有点儿发褐色，是母鹦鹉！”

“蓝色！”

“褐色！”

“就是蓝色！”

听到吵闹声，妈妈从厨房赶来。为确保名字不出错，妈妈建议给鹦鹉起名叫萨沙[①]，同时告诫父子俩：外婆有高血压，不要吵吵闹闹。说完妈妈便回厨房继续做饭。

爸爸和安东觉得“萨沙”不能当鹦鹉的名字，但是他们认同妈妈的想法——应该起一个既适合公鹦鹉又适合母鹦鹉的中性名字。

为鹦鹉起名是一件费力但很有趣的事情。

“看，他们起的！”爸爸用鼠标随机点读着鹦鹉的名字。有安祖米、阿里曼达、阿鲁佩、拉佐齐、李嘉图、尼布甲尼撒二世、诺斯特拉达姆斯、纳丹亚……安东和爸爸更喜欢菲什卡、丘西卡和尼亚克这三个名字。

“菲什卡，丘西卡……”爸爸哈哈大笑。

听到笑声，妈妈又进来了。爸爸和安东开始你争我抢地读他们在网上找的鹦鹉名。

“你们不能取个像‘柯什卡’这种正常点的名字吗？”妈妈问。

“唉，‘柯什卡’这个名字太无趣了。”爸爸反驳道。

“随你们吧。”妈妈疲惫地挥挥手，“吃晚饭了。我提议先暂停这场头脑风暴，换换思路休息休息。”

爸爸和安东乖乖地去吃饭、休息。

接下来的两天，安东一直在想这只鹦鹉。他将鹦鹉笼放在沙发上，自己躺在旁边认真地听鹦鹉呱呱叫。安东可以轻而易举地将鹦鹉

---

①在俄罗斯，“萨沙”是个中性名字。

的叫声谱成乐曲，甚至可以为它配上和弦，但是加配节奏会比较复杂。安东想起了玛娜娜老师曾说过“没有节奏就没有音乐”，可是安东无法捕捉到鹦鹉叫声的节奏。如果没有节奏，音乐也就不存在了。当然，安东可以创作自己的节奏，但是他想要真实自然的节奏。鹦鹉每次唱的都是新歌，它有时唱得特别快，有时只唱一个音就不出声了，直到过了好久再唱一个音。

这些音符就像词语，安东甚至觉得这是鹦鹉对他说的话。例如，当他给鹦鹉倒水时，它对安东喊了三个短音，声音很像“谢——谢——你——”；当安东给它填食时，鹦鹉喊了一声，好像在对安东说：“耶！”

第三天早上，安东醒来，听到鹦鹉清晰地跟他说：

“你——好——”

尽管安东明白这只是鸟的叫声，但是他深信鹦鹉真的在和自己打招呼。

“等等。”安东起床走到钢琴前，打开琴盖弹出两个高音“你——好——”

“你——好——”鹦鹉回应着。

“你——怎——么——样？”安东模拟弹出这样的音。

“还——好——”鹦鹉迅速地叫道，“你——呢？”

“我也还好，只是心情马马虎虎，昨天课上的内容，我什么都没有学会。”安东坦言。

“这是常有的事。”

“因为你，还有……”

鹦鹉什么也没有回答，它低着头用嘴打理着肚子上的羽毛。

“别生气。”安东弹着。

“好吧，我心胸宽广。”鹦鹉回应道。

妈妈看了一眼屋里：“你们在这儿哇哇叫什么呢？”

安东和鹦鹉像是一对心照不宣的朋友，默契地一言不发。

晚上，安东坐在钢琴前练习音阶，他不喜欢弹音阶，但是如果他不学习音阶，不做练习，玛娜娜老师将会给他打2分。他们已经学习了四个调性——C大调、a小调、G大调和e小调。安东G大调和e小调练得很少，只练习了C大调和a小调，因为它们的音阶全都在白键上。

安东开始弹a小调，弹了很久。因为如果今天他不练习，明天上课老师就会批评他。突然，安东停了下来，他总觉得哪里不对劲。琴声消失的一瞬间，他才意识到他弹奏时鹦鹉一直没出声，但是安东一停下来，它便开始哇哇叫。安东看着鹦鹉，又弹了a小调的音阶。鹦鹉又不作声了。安东停下来，它又开始叫。

安东不解地耸耸肩，开始练习C大调音阶。鹦鹉却一直叫，似乎还为自己美妙的叫声感到骄傲。安东又弹起G大调练习曲，它的叫声依旧没有停止。安东再次弹起a小调音阶，这时鹦鹉却突然安静下来了。

“太神奇了！”安东惊呼。

爸爸下班回来，安东为他展示了“鹦鹉表演”，爸爸对此也十分震惊。他一遍一遍地要求安东弹a小调和其他几个调性，直到他深信这只鹦鹉真的只在听到a小调时才安静沉默。

“太让人费解了！这不可能，一定有某个原因可以解释这种现象。”爸爸坐在沙发上思索着。

安东等着爸爸的“科学解释”，等待了五分钟之久。

“我明白了！”爸爸兴奋地喊道，“这一切其实非常简单。这只鹦鹉原来的主人是个吉他爱好者，他只弹一个调性，那就是 a 小调。主人应该还养着一只猫，猫不敢在主人面前欺负鹦鹉。一旦主人离开房

国际大奖小说

《琴键上的小矮人》导读

一本“各取所需”的亲子读物

文/周　洋

《琴键上的小矮人》讲述了一个温暖而励志的故事。天才儿童安东具有超人的联觉想象和旺盛的创作热情，刚入校时被主课老师视为令人头痛的“怪才”，也成了同学眼中的另类。在机智化解了一次演出事故后，安东得到了主课老师的认可，收获了同学们的友谊。在这本书里，我们还可以看到作者本人对音乐教育的诸多见解：家长在儿童的音乐学习中应该扮演什么样的角色，如何对待老师安排的枯燥练习，如何通过游戏的方法来训练孩子的想象力，等等。

俄罗斯古典音乐是世界音乐地图上非常重要的一极。曾经，以柴可夫斯基为代表的俄国音乐家留下了灿若星辰的经典作品。在当代，俄罗斯学派的钢琴、管弦乐、指挥、作曲等专业是国际各大音乐赛事中的“冠军收割机”。这一切辉煌成就源自俄罗斯独树一帜的三级音乐教育体系，尤其是三级体系中的基础——儿童音乐学校，它像培养皿一样星罗棋布在俄罗斯广袤的大地上。这些学校选拔有音乐天赋的儿童免费培养，让他们学习从基本音乐理论到音乐表演技术等多门课程，培养他们具备未来音乐家所需的专业素养。

即便有些儿童最终没有成为音乐家，他们也有机会以音乐教师的身份反哺到音乐教育体系中，本书的作者亚历山大·图尔哈诺夫便是其中一员。相较儿童文学作家的身份，图尔哈诺夫的本职工作是儿童音乐教师。他从自身的学习经验和教学经历中汲取创作素材，将此书涉及专业知识的部分写得可圈可点，尤其是将音乐教学法、演奏技术练习、音乐联觉训练、即兴创作、乐器法等专业知识融入故事，向读者展示俄罗斯儿童音乐教育的基本逻辑。

有些读者可能会好奇：小主人公安东能准确分辨任何乐音（有音高的声音）和大自然声音的音高，无论是从广播里传出来的旋律还是汽车的鸣笛声，他都可以在钢琴上完美再现，这样的"超能力"真的存在吗？其实这个"超能力"有一个专业名称——绝对音高。据统计，在专业音乐学院里拥有绝对音高能力的学生仅占百分之三左右。所以，是否拥有绝对音高能力，或者说是否拥有音乐天赋，并不是学习音乐的先决条件，良好的后天环境和自身的学习兴趣才是学好音乐的关键。很多天生拥有绝对音高能力的孩子由于缺乏后天的学习和训练，在成长的过程中逐渐丢失了这项能力。我们的小主人公安东显然是一位幸运儿，他既获得了上天的眷顾，又有家庭的支持和学校的培养。对家长来说，安东的音乐学习之路是一个优质的样本，我们可以从他的故事反思家庭教育或者艺术教育如何变得更好。

音乐教育是一个漫长且复杂的过程，其中最重要的阶段就是童年时期。有研究表明，音乐家的脑区与常人不同，在七岁以前开始接受音乐教育更有助于形成"音乐家式大脑"，因此，无论是走专业道路还是仅仅作为兴趣爱好，儿童时期都是学习音乐的黄金年龄。如何让儿童在贪玩的年纪能够坚持学习音乐，兴趣的引导至关重要。

回归本书，我们可以看到作者一直在致力将音乐学习趣味化。例如，通过一只鹦鹉的故事来阐释调性的基本概念，即便是尚未接触调性概念的孩子，也会大致明白大调与小调色彩的区别。再比如，作者将音乐联觉想象时的思维过程写得妙趣横生，恐怕没有哪个孩子读过之后不会试着去体验一下音乐幻想的乐趣。图尔哈诺夫用有趣的故事不断唤起孩子们探索艺术的兴趣，激起他们学习音乐的热情，这也许会成为本书在文学审美之外的意外功能。不妨说，《琴键上的小矮人》是一本“各取所需”的亲子读物，无论是家长、孩子或老师，都能在阅读后有所收获。

本文作者系音乐教育博士

间，猫立即偷偷摸摸接近鹦鹉，鹦鹉便惊慌失措地尖叫着呼救。慢慢地，鹦鹉形成条件反射：只要它听到 a 小调，就意味着主人在附近，它可以放松警惕。一旦听不到 a 小调，就意味着主人不在，危险就在身边，它要大声呼救！有一天，它发现笼子未上锁、窗户还开着，它再也不想忍受这样的日子了，便毫不犹豫地逃了出来。这就是它飞到我们家的原因，我们家时常有音乐声，它习惯房子里有音乐。听！”爸爸立刻拿出光盘，播放《肖邦 a 小调圆舞曲》：“现在明白为什么它飞到我们家了吧，因为对它而言，a 小调音阶意味着绝对安全和放松！”

安东觉得爸爸简直就是一名大侦探！

“我知道我们该给它取什么名字了！”爸爸用手指着鸟笼，郑重地说，“从今往后，这只无名鹦鹉就叫‘a 小调’！”

鹦鹉 a 小调在笼子里飞来飞去，高亢地叫着，仿佛在说“谢——谢——你——”。

妈妈下班回家。

妈妈听完父子俩讲的鹦鹉前主人、猫的故事，以及只要安东弹 a 小调，鹦鹉就会安静的故事后说：“笨蛋。”

“要知道，沉默是会传染的。”爸爸反驳道，“但它只在这个调性上保持沉默。”

“我们可能永远都不知道它听到 a 小调会沉默的真正原因。不过，看你们的想法吧。我只是不喜欢这个名字，还是换个名字吧。”妈妈说道。

“换什么换！”爸爸激动地说，“对吧，安东？”

“该拿你们怎么办才好？唉，a 小调就 a 小调吧！”妈妈无奈地同意了。

父子俩高兴地击掌庆祝。

没有人根据启事打来电话,也没有人来寻找这只鹦鹉。a 小调就这样留在了安东家生活。

“现在我们是五口之家！”爸爸激动地说。

“尽管它吃得很少。”妈妈笑着说。

但是外婆却把 a 小调叫“麻烦精”。

15.

忧郁快乐的小矮人

有一天，爸爸下班回家，刚到家门口就喊道：

“快来看看我带了什么东西，你们绝对猜不到！”

妈妈还没下班回来。外婆正在看她最喜欢的电视节目。安东听到爸爸的呼唤立马跑到门口，只见爸爸手里拎着一个大大的礼品袋。安东想要看看里面装的是什么，但是爸爸却故作神秘地制止了他：

“等等，安东。妈妈还没下班吗？”

安东点了点头，又试探着往礼品袋里看。

“等会儿再看。”爸爸把手搭在安东双肩，将他转向安东房间的方向，“朝屋内前进！我马上就过去。”

安东慢吞吞地走向自己的房间，爸爸紧随其后。爸爸从礼品袋里拿出一幅画放在椅子上，自己退向画的另一边。

“看看，怎么样？”

这是一幅“快乐小矮人”的画。画中的小矮人长着胡子，穿着一件蓝色的小外套，头上戴着一顶绿色的尖顶帽，手上拿着一把工具。爸爸解释道，小矮人手里拿的是十字镐，可以用它在山上挖矿石。

画中小矮人的嘴角快要咧到耳后了，他满脸喜悦地看着安东。安东也微笑地看着他。

“他看起来真快乐。”安东说。

“你说他快乐？”爸爸笑着说，“你再走近点看看，慢慢走，对，走近点，别害怕，仔细看看。”

安东听完爸爸的话，慢慢地走近这幅画。他发现自己每向前走一步，小矮人看起来就忧伤一分。当安东贴近这幅画时，他竟然看到画中的小矮人十分悲伤地看着他，甚至看到小矮人的眼角还有几滴豆大的泪珠。

安东惊呼：“太神奇了！”

“我说什么来着？神奇吧！”

“这也太棒了！”安东说着又慢慢地向后退。他每后退一步，发现小矮人的神情就变一下，直到小矮人又变得快乐起来，安东也不自觉地笑了。

“太妙啦，对吧？”爸爸问道。

“爸爸，这是怎么回事？这是怎么画的？”

“这是全息画。不过我也不知道这究竟是怎么画的，一会儿我去网上查一查。这幅画是我今天午休的时候买的。中午，我去商店买面包、香肠，这幅画当时就摆在书店橱窗里，恰好朝向人行横道。我在等绿灯时，无意间看到这个小矮人对着我微笑。我当时还想这是一幅多么让人快乐的画呀！但是当我穿过马路，走近橱窗时，却发现他用忧伤的表情看着我……”爸爸沉默片刻，寻找恰当的词语，“对，他忧愁地注视着我。只是我没有注意到他是从什么时候变得忧郁悲伤的。咱们一起试着弄明白这个问题吧！”

父子俩做起了“小矮人表情变化的临界点在哪里”的实验。安东说他到沙发这里就发现小矮人的表情变了，而爸爸却觉得他到钢琴的位置时才看见小矮人的表情变了。

不一会儿，妈妈下班回来了。父子俩向妈妈展示这幅小矮人画。

“啊，这幅画真好看！”妈妈称赞道，“只是这幅画给我一种很悲伤的感觉。”

晚饭后，他们钉了螺丝钉，将这幅画挂在安东的房间。

安东和爸爸继续做着实验。

爸爸甚至编起了儿歌：“忧郁的小矮人灰心地说，快乐的日子不常有！”

安东和着爸爸的话唱道：“不常有，不常有！”

爸爸继续边实验边打着节拍编儿歌：“快乐的小矮人高兴地说，如果感到悲伤，来，向前走一走，笑容挂耳边。忧伤的日子……”

爸爸突然停了下来。

安东扑到爸爸的后背上。“怎么了，爸爸？”安东问。

“忧伤的日子……忧伤的日

子……怎么接呢？我想不出来了。”

“就像春天没有明媚的阳光！”安东脱口而出。

“棒，太贴切了！”爸爸赞同道。

父子俩合唱着这首自创的关于小矮人的儿歌，直到将它牢记。

安东和爸爸在房间里一直走来走去，比量和计算着小矮人表情变化的临界点在哪里。直到深夜，妈妈进来打断了他们的实验，并将爸爸赶出了安东的房间，他们仍然没有弄明白。

睡前，爸爸走到安东的床边对他说晚安。

“爸爸，您为什么在儿歌里说向前走一走？可是向前一走，小矮人就变得忧伤了。”

“你说的对，安东。”爸爸回答，“但是如果不向前走，只是停滞不前，那样也看不到快乐。”

“那为什么不是向后走呢？就像这幅画，为什么不是在远处看是忧郁的，在近处看是快乐的呢？”

爸爸思索了一会儿，回答安东：“你知道吗？这就像我们的生活一样。我们从远处观察别人和他们的生活，似乎一切看起来都是轻松美好的，然而当你走近，你就会发现……”

安东不明白爸爸的话。

“这确实是一幅奇怪的画。”爸爸补充道，“但这也是一幅充满智慧的画。”

“智慧？”安东惊讶道，“为什么？”

“安东，生活从来不是只有快乐和忧愁两个方面。生活是五颜六色的，我们要为今天很美好明天很糟糕做好心理准备。但一定要相信，忧郁的日子总会过去，快乐的日子终会来临。只是，想要明白忧郁和快乐是在什么时候发生的，或是在哪一瞬间改变的却很难，甚至是无法得知的。”

16.

迷路的小熊

十二月底，安东将迎来第一次钢琴考试，玛娜娜老师称这次考试为小考①。

安东需要在小考时演奏两首乐曲，一首是《练习曲》，另一首是《熊》。对于一年级的学生来说，这两首乐曲比较短。

起初，安东很喜欢这两首乐曲，练习弹奏时也能“看到”音乐描绘的场景。玛娜娜老师说《练习曲》描绘的是小兔子蹦蹦跳的场景，而且小兔子不是在草地上跳，而是在林中空地上跳来跳去，可是安东“看到”的却是蝈蝈从一棵小草跳到另一棵小草上的画面。第二首乐曲描绘的则是一只拖着沉重身躯的熊在森林里走来走去的画面。

安东已经弹倦了《练习曲》和《熊》，所以他自己创作了两首关于蝈蝈和小熊的曲子。

在一堂课上，安东将这两首自己创作的曲子弹给玛娜娜老师听。安东本以为会得到老师的夸奖，因为他创作的这两首乐曲讲述的故事和原作曲家所描绘的故事是不同的，安东的“音乐故事”中不仅有

---

①小考：俄罗斯考试主要分为两部分，一部分为小考，另一部分为正式考试。只有小考通过了，才有资格参加接下来的正式考试。小考主要统计学生出勤率、笔记、作业完成等情况，老师会出几道题让学生完成，题目回答正确，则通过小考。小考比较容易，只要出勤率高，笔记、作业完成度好，基本都能通过。

会跳的蝈蝈和走来走去的小熊，还有它们各自发生的故事。

在安东的“音乐故事”中，一只青蛙想要抓住蝈蝈，它慢慢向蝈蝈逼近，但蝈蝈给了青蛙一记完美反杀，青蛙只能落荒而逃。《熊》里步履沉重的大熊在“音乐故事”中变成了一只小熊。小熊在森林中迷路了，它一边焦急地走来走去，一边呼唤着爸爸妈妈，直到累了，才流着泪坐到树桩上，休息片刻后，它继续寻找爸爸妈妈。小熊不知道，此刻它的爸爸妈妈也正在找它，但是它们离得太远了，小熊听不到爸爸妈妈的呼唤，这只是乐曲的第一章。第二乐章，应该是小熊的父母找到了小熊，但是第二乐章安东还没有创作完。

没想到玛娜娜老师却批评了安东：“停止编这些只有上天才明白的东西，我们需要弹作曲家创作的曲子，注意你弹琴时的手势！”安东很难过。玛娜娜老师不喜欢他创作的关于蝈蝈和小熊的“音乐故事”，但是他没有放弃继续创作蝈蝈与小熊故事的想法。

安东坐在小礼堂前厅的座椅上。今天只有低年级进行小考，高年级的小考在另一天。

所有等待考试的同学安东都认识。他们曾一起上过视唱练耳课。谢廖沙也在那里，安东很早就看到了他，但是没有上前和他打招呼。谢廖沙正在玩玩具，安东也曾玩过这个玩具。这是一个益智玩具，玩家需要将玩具内部的轮子从立方体中取出。安东发现谢廖沙还没完成，他之前也是研究了很久才解开这道益智“谜题”的，现在他能轻松迅速地取出轮子。他本打算去帮助谢廖沙，但他想起爸爸在送他玩具时说“每个人都应该自己解开谜团，自己解决问题”。

即便到现在，爸爸还没能成功地从立方体中取出轮子。他对被卡住的车轮十分恼火，但他还是不断尝试自己解开“谜题”。安东曾多次想要告诉爸爸并向他展示玩法，但每次爸爸都用“每个人都应该自己解开谜团，解决问题”的话拒绝安东的帮助。

想起爸爸的话，安东便放弃了要去帮谢廖沙的想法。

现在轮到安东进场参加小考了。

这次小考由格林斯基校长担任考试委员会主席。他本人很少参与考评，也不是每天都出现在学校里。格林斯基校长是世界知名的大提琴家，经常在世界各地巡演。他不在学校时，由叶莲娜主任代管学校的种种事务。这次新年将近，他没有演出安排，便决定参与全校考评。学生们都很害怕格林斯基校长，他很严厉，打的分数很低。

叶莲娜主任参与考评就不是这样，她会给所有同学打“优秀”或“好”。如果有哪位同学弹得不好，她还会让他补考，这样她可以重新打一个高分。

第一首乐曲，安东弹的是《练习曲》，他认真地弹奏着玛娜娜老师说的这首描绘兔子蹦蹦跳的乐曲。他很专注，以防自己一不留神将这首乐曲弹成讲述“蝈蝈和青蛙”的乐曲。安东按照老师教的那样顺利演奏完这首练习曲，没有增加一个“自己”的音符在其中。

但是，当他的指尖轻触琴键，弹奏《熊》的一瞬间，他完全陶醉其中，意外发现自己竟然在小考时创作出了关于小熊故事的第二乐章。他很害怕，但他并没有停下来。为什么要弹奏自己创作的乐曲？他无法向玛娜娜老师交代，也没法儿向爸爸妈妈解释，甚至连他自己也不知道原因。

弹奏第二乐章时，安东“看到”了这样的画面——

夜幕降临，似乎整个世界充斥着惊慌和不安。猫头鹰在树上不安地叫着，狼伏在灌木丛中嗥叫着。雨越下越大，迷路的小熊在森林里走呀走……它浑身湿透了，也快要冻僵了，它非常害怕。突然，一阵狂风袭来，林中树木剧烈摇摆，有些树甚至快贴到了地面。小熊的身体被摇晃的云杉树针叶无情地拍打着。破晓时分，太阳把乌云撕开一道口子，迸射出光芒。小熊看到了爸爸妈妈，它们一整夜都在找小熊。它们也听到了猫头鹰的叫声和狼的嗥叫，但是它们不害怕，因为它们是大人，而小熊害怕，因为它还是个孩子。

安东用大调结束了熊爸爸和熊妈妈找到小熊这一幕的演奏。可是安东开心不起来，他知道自己“描述”风的这部分时弹奏得不够好。

“要是好好学习和练习音阶，就可以更好地描绘狂风怒吼的场景。”在大厅等成绩时，安东在心里懊悔地对自己说，狂风应该用更快的音阶去弹奏，但是安东还没学会。

现在安东才明白老师让自己平时多练音阶、多弹练习曲的要求是对的。玛娜娜老师曾说：“弹音阶和弹练习曲就像运动员练肌肉一样，运动员练得越多，就跑得越快，跳得越高。”

小考成绩公布，安东得了“优秀”（即 5 分），这让安东很惊喜。他以为自己会得很低的分数，毕竟他没有按照考试要求弹作曲家创作的乐曲《熊》，而是弹奏了自己编的另一首关于小熊的曲子。他猜测这个分数应该是叶莲娜主任打给他的，玛娜娜老师和格林斯基校长肯定会批评自己。

玛娜娜老师确实批评了安东，但格林斯基校长却很喜欢安东弹奏的乐曲，或者说他很想和安东探讨这首即兴作品。安东之前总是从老师和同学的口中听说校长很严厉，学生小考或是正式考试发挥不好时，他批评得最严厉。对于完全没按要求演奏第二首乐曲的安东而言，格林斯基校长的行为简直匪夷所思！

安东的即兴作品给格林斯基校长留下了深刻印象，当玛娜娜老师再次抱怨安东弹琴的手势问题时，格林斯基校长反驳说安东弹琴的手势完全没问题。

“尽管我不是非常专业的钢琴演奏家，但我曾在学校里完成了大提琴的学业，也完成了钢琴学业。后来在音乐学院深造时，不得不在大提琴和钢琴之间做出选择，我选择了大提琴。但是以我的水平，我还是能够评价这个一年级的孩子弹琴时的手势问题。这孩子很有天赋，简直是奇迹！”格林斯基校长如是说。

叶莲娜主任微笑着说：“这是他创作的？有趣！刚开始听着像《熊》的节奏。”

“然后他的熊遇到了其他熊，它们打了一架。”格林斯基校长说。

“打架？”玛娜娜老师吃惊道。

玛娜娜老师知道安东这首即兴作品讲的是什么故事，但是她什么也没说，因为她觉得

听其他老师解读这首曲子，是一件有趣的事。

“嗯，打架。”格林斯基校长笑着说，“有时像厮打起来，有时像停下来争吵。一只熊说，你为什么来我的领地？回你自己家啃树皮去吧！另一只熊则说，要走你走，我在这儿挺好的！故事以胜利告终。只是我没明白最后谁赢了，哪只熊去了他人的领地，哪只熊最后守护了自己的家园。”

“安东曾给你演奏过这首曲子吗？他讲过他的创作主题吗？”叶莲娜主任问玛娜娜老师，“我们不知道这首乐曲是不是还有其他含义。”

“这是一首关于小熊的乐曲。”玛娜娜老师回答，“讲述了在森林里迷路的小熊寻找爸爸妈妈的故事，安东前不久在课上演奏过第一部分的内容。今天我们听到了第二部分，我猜测这一部分是他在考试中即兴创作的。我认为在第二部分，小熊找到了爸爸妈妈，还记得吗？结尾的大调。”

“原来这首乐曲讲述了这样一个故事。”格林斯基校长笑着说，“现在我全都明白了，故事情节很合理。我只是有点儿好奇，他为什么用手掌和手肘弹琴呢？”

“在森林里迷路的孩子，”叶莲娜主任解释道，“独自一人在森林里很害怕。大概还有黑夜降临，暴风来袭，树木摇摆，电闪雷鸣……总而言之，很恐怖。”

“这有什么可怕的？大人要是害怕，那孩子该怎么办？我给安东打5分。”

玛娜娜老师沉着脸。

“你要多关注这个孩子。”格林斯基校长说，“这个男孩有强烈的好奇心和惊人的天赋，不要破坏他的创作和演奏。”

“显然他具备作曲家的天赋。这真是完美的即兴作品，如果在某些地方弹得更快就更好了。让他多练习，加强技巧性学习。”格林斯基校长沉思片刻，“但是他为什么用手肘弹琴呢？”

17.

新年圆舞曲

小考结束，安东回到家，立马坐在钢琴前练习弹音阶。他疯狂地弹了两个多小时的琴。中途试着弹小考时演奏的“风的旋律”，但他始终无法弹奏出自己脑海中听到的那个旋律，他眉头紧锁，气愤地一次又一次弹起音阶。外婆来安东房间看了他好几次，只能无奈地摇摇头，回到自己的房间调高电视音量。然而嘈杂的电视声响也无法淹没琴声。最后外婆忍不住走到安东身边，在他耳边大喊：

“你干什么呢？疯了吗？！”

安东只是更加愤怒地弹着钢琴。外婆只好将安东的手从琴键上拿下来，关上琴盖。房子里瞬间安静了下来，安东听到了 a 小调的叫声，它仿佛在对外婆说“谢谢”。安东看看鹦鹉，又看看外婆，重新打开琴盖继续练习弹音阶。

“等你爸爸妈妈回来，我要告诉他们！”外婆说着走出了房间。

他又弹了很久，直到爸爸下班回来才停下。他躺在沙发上闭上眼睛，听到外婆向爸爸告状“说什么都不听”，又听到爸爸小声地问了外婆一些事。

“我怎么知道？”外婆气愤地大声回答，“难道他会告诉我？”

“我去看看。”爸爸说着走进安东房间，坐在沙发旁。

“得了 2 分？”

“5 分。”

“好家伙，儿子你真棒！”爸爸高兴地说，“那你怎么了？”

安东沉默不语。

“难道受批评了？考了5分，但是被批评了？”

安东仍不说话。

“好吧，有情绪是正常的。如果你想说了，可以跟我说一说，也许我可以帮助你。”爸爸走出了房间。

可现在，爸爸什么忙都帮不了。安东明白：有些事情必须依靠自己，而不是他人。他很懊恼为什么之前不明白好好练习的重要性。现在距离新年只有两天了，即使他练一整天音阶，也没办法弹出他脑海中“风的旋律”和《新年圆舞曲》。

几天前，妈妈来到安东的房间，对安东说她很喜欢圆舞曲，想请安东创作一首《新年圆舞曲》。

其实在很早之前，安东就开始琢磨要给爸爸妈妈和外婆送什么样的新年礼物。直到妈妈提出请他创作《新年圆舞曲》时，他也没有想到什么好主意。虽然他知道这件礼物会是音乐，但自己始终没有想好要创作什么主题、营造什么氛围的音乐。

起初，他想创作关于龙的乐曲，因为新的一年是龙年①。他也已经着手创作描绘一群龙载歌载舞欢度新年的音乐故事，但安东对自己的创作很不满意，他觉得这首乐曲有些阴郁，完全没有体现出新年的喜庆和欢乐：龙在空中盘旋着，咆哮着，口中喷着火焰，怒视着四周，

---

①按照传统，只有东方人有生肖年的说法，但是近年来俄罗斯也流行用生肖来命名年份，新年时会有很多生肖玩具、挂饰上市。普京曾说按照中国的生肖纪年法，自己是属龙的，由此，俄罗斯人觉得龙年是好年份。

谁也无法向它靠近。

有一天，安东和外婆从学校回家时，他听到了圆舞曲的旋律。那天下着雪，洁白轻柔的雪花飘落在树枝上、路上和人行道上，四周一片静谧。突然，一段特别的旋律传来，安东停下脚步环顾四周，他以为是有人将窗户打开，才让高亢的声音从房屋里喷涌而出。但那会儿，安东和外婆正穿过街心花园，周围一栋住房都没有。安东瞬间明白：原来这是他脑海中的旋律，这段旋律如此明快、欢乐，正是妈妈喜欢的乐曲风格。

安东努力记下这段旋律，一回到家便试着弹奏。他发现自己弹琴的手速无法跟上这首乐曲的节奏。之前的小考也是这样，他"描述"风的画面时，手速完全跟不上脑中的旋律，所以他在小考时才急躁地用手肘弹琴。

圆舞曲不应该是沉重、笨拙、缓慢的，而是明快、令人陶醉又引人遐想的。安东对自己感到失望，但他明白了为什么他弹奏的圆舞曲不够明快，风的节奏不够猛烈。就像玛娜娜老师说的那样，因为他的手指缺乏灵活度，应该每天练习弹音阶和练习曲，这样双手才能在琴键上自由、飞速地"奔跑"。当安东在学校等待成绩公布时，他就暗暗告诉自己以后不能偷懒，要听老师的话。

此刻，他还是陷入了绝望之中，因为只有几天就要过新年了，他来不及去想其他新年礼物。事实上，也不需要其他礼物，妈妈的心愿就是听安东弹奏的《新年圆舞曲》！

第二天，一家人去听圣诞音乐会。第一部分的结束曲是用双管风琴演奏的《花儿圆舞曲》。音乐刚响起，前面的观众小声说了句"噢，我

的天哪”，没想到却被音箱放大了声音，所有观众都清清楚楚地听到了这句话。

安东看见爸爸正强忍着笑，而妈妈则笑得喘不过气，还用手肘碰了碰旁边的爸爸。安东也笑了。这首圆舞曲听起来既沉重又热闹。安东仿佛看到一群大象在跳舞，足足有十头大象。它们的头上戴着花环，长长的鼻子上卷着花束，拖着笨重的身躯一步一步优雅地绕了一圈，然后互相鞠躬。

安东突然想到：如果《花儿圆舞曲》可以让大象舞动起来，那么他的《新年圆舞曲》也可以让龙跳起舞。

安东想象着跳舞的龙，长长地舒了一口气。现在他不仅可以为爸爸妈妈和外婆带来快乐，还为龙带去了欢笑。只是有一件事让安东不放心，他担心无法用钢琴演奏出他脑海中《龙的新年圆舞曲》的旋律。但安东是幸运的，“严寒老人”①在圣诞树下放了一台电子合成器②，而这台电子合成器能够帮助安东合成任何他想要的不同乐器声音的旋律。

新年这天，安东用管风琴的声音演奏了《龙的新年圆舞曲》。圆舞曲低沉、缓慢却令人欢快喜悦。

---

①“严寒老人”和“雪姑娘”是俄罗斯民间童话里的两个人物。传说，每个新年前夕，“严寒老人”和“雪姑娘”一起乘坐俄罗斯传统的三套马车给俄罗斯各地乃至全世界的孩子送去新年礼物和祝福。

②电子合成器：即电子音乐合成器，是可以代替乐队进行演奏还能进行自动化编曲的一种电子设备，不仅能制作声音，还能对声音进行重塑和微调。

爸爸妈妈非常喜欢安东演奏的圆舞曲，他们为安东鼓掌欢呼。外婆也十分喜欢这首圆舞曲，直称这是她的音乐。

“为什么是你的音乐？”妈妈不明白。

“我出生在龙年，我属龙的。”外婆解释道，“来，安东，再弹一遍《龙的新年圆舞曲》。”

安东再一次弹起《龙的新年圆舞曲》。伴着悠扬的琴声，外婆跳起舞，爸爸也邀请妈妈一起跳舞，全家沉浸在欢乐的海洋中。

小矮人也非常快乐，它从墙上看着这幸福的一家人，脸上洋溢着微笑。

18.

不幸的事

寒假结束了。开学第一天，安东和外婆从学校回来。虽是隆冬，城里却下起了雨。路上的水洼闪闪发亮，仿佛一下子回到了秋天。天气冷，雨珠落地的瞬间便被冻住了。安东抓着它们放在手心里观察着，它们看起来就像水银球（安东见过被爸爸打破的温度计），也像小小的透明玻璃球。

安东和爸爸曾在电视上看过制作玻璃玩具的过程：将熔化的玻璃水倒入不同的模具中，待玻璃水凝固后，玻璃兔、玻璃熊、玻璃龙和玻璃猴便一一诞生。熔化的玻璃水和雨水看起来很像，只不过更稠一些。

安东觉得今天的雨就像熔化的玻璃水，它被倒在树上，倒在停在路边的汽车上、路灯上、商店的橱窗上，还被倒在行人身上，包括自己和外婆的身上。一切都闪耀着五彩斑斓的光。

因为冻雨，走起路来很费力。外婆抱怨人行道像被涂了肥皂一样，安东觉得他们像走在光滑的玻璃路上。安东和外婆的脚下直打滑，他还摔倒了好几次。但安东的心情依然很好。

今天，玛娜娜老师给安东打了5分。整个假期他一直在练习弹音阶、和弦和练习曲，除此之外，他还自学了两首练习曲。他下定决心要好好练习弹琴。努力多练习是为了以后可以随心演奏自己创作的乐曲，特别是节奏快的乐曲。

在寒假练习时，安东惊喜地发现自己喜欢上了弹音阶、琶音①、和弦。

他将音阶想象成楼梯，自己可以在"楼梯"上跑上跑下。如果音阶是忧郁的小调，那么"楼梯"就是伤感的墨绿色、褐色和黑色；如果音阶是明快的大调，那么"楼梯"就是明亮热情的橙色、红色和黄色。琶

①琶音：和弦的一种形式，指将一串和弦音按照从低到高或从高到低的顺序依次连续奏出来所发出的声音，通常作为一种专门的技巧训练用于练习曲中。

音像是自己可以一步迈两级台阶或多级台阶。

和弦就是三个、四个、五个、十个，甚至二十个或更多的音同时响起。安东觉得和弦就像一所房子，和弦中的音符越多，房子内的窗户也就越多，整个房子也就越明亮。这是安东认为对和弦最恰当的比喻。

刚走到家门前，外婆接到了妈妈打来的电话。外婆对着话筒喊：

“我总和他说，冬天不要骑自行车！你们听了吗？你们都自作聪明！老人的话对你们已经没有分量和权威了！”

安东没有听懂，但是他觉得有些不安。

“左胳膊和左腿？简直是噩梦……”外婆叹息道，“我知道了。好了，我们到家了……你什么时候回来？嗯，我让他听。”外婆将电话递给安东。

“宝贝，爸爸骑车摔倒了，胳膊和腿都摔折了。现在他在医院，我马上要赶过去，妈妈回家后再告诉你事情的经过。不要担心，我和爸爸通过电话了，他的心情还不错。疼是肯定的，但还能开玩笑。要知道爸爸……”妈妈叹着气，“好了，快回家吧。我要尽快赶去医院。”

安东将电话还给外婆。

“怎么？你妈妈和你说了什么？”外婆问。

安东耸了耸肩。

“爸爸开玩笑。”安东回答。

外婆只是摆了摆手，生气地向前走去。

进了家门，安东尝试创作关于玻璃雨的乐曲。他打开电子合成器的大键琴音，弹了几个和弦，就创作不下去了，他想爸爸现在一定很疼。尽管很疼,爸爸还能开玩笑,这让安东心里更不是滋味。安东之前牙痛,当时连笑都笑不出来,更别说开玩笑了,反倒为了让大家心疼自己,他还总是流眼泪、抱怨。

安东无法想象胳膊和腿都摔折了的爸爸是什么样的。在他玩的游戏里,被射中的怪物会爆炸、消失,如果摔倒了就一动不动,唯独没有胳膊和腿摔折了的场景。

安东想起自己曾有过一个机器人,这个机器人可以行走、抬胳膊、转头,甚至会说话。但自从机器人的某个零件丢失后,它就不能抬起右手了。安东曾试着修理它,但维修后的机器人整条胳膊都掉了下来,随后机器人就完全不能动了:既不能走,也抬不起另一条好的胳膊,更不会转头。后来,这个少了一条胳膊的机器人就被扔掉了,直到某一天,安东在家里的沙发后面发现了机器人"失踪"的那条胳膊,已经没什么用了,只能丢掉。

安东想象断了胳膊和腿的爸爸可能像机器人一样。他将被送到医院"修理",如果医生修不好呢?爸爸会不会像废弃的机器人一样被扔掉?

安东很害怕,他想象爸爸是怎么弄断胳膊和腿的,又想象当爸爸被送到医院时,医生已经捡回了爸爸的胳膊和腿,正在用粗线进行缝合。

"那如果没找到呢?如果爸爸的胳膊和腿还躺在爸爸离开它们的地方呢?"安东说着胡话跑到外婆身边。

外婆却告诉他不要胡说八道。安东只好回到自己房间等着妈妈,妈妈一定会告诉他事情经过的。

妈妈回到家后说想先休息一下。不一会儿，她拿着丝巾和塑料吸管来到安东的房间。

“我给你演示一下发生在爸爸身上的事。”妈妈说，“虽然听起来很吓人，但事实没那么可怕。正如你想的那样，爸爸一定会康复的，三四个星期后他就会出院回家。医生是这么告诉我的，当时爸爸发生了……”妈妈把塑料吸管对折后给安东看：“爸爸摔倒时，他的骨头就这样折了，但是医生会在骨折的部位打上石膏。”妈妈将塑料吸管抻直，用丝巾将吸管包好。“等骨头长好了，把石膏拆了，爸爸就痊愈了。你还能像以前一样和他骑车。”妈妈叹口气补充道，“唉，真是万幸！”

安东从妈妈手里接过用丝巾包扎好的吸管，仔细检查着。

“爸爸的胳膊没掉下来？”

“没掉，腿也没掉下来。”妈妈抱着安东，“即使他没有表现出来，

但他现在应该很痛，身体也很沉重。明天我们一起去看他吧。我们要多鼓励他，爸爸一定会好起来的。明天去看爸爸吗？”

安东点点头，他很高兴明天就可以见到爸爸了，但他依旧非常伤心。

外婆走进房间。

“你能给我讲讲到底是怎么回事吗？”她问妈妈。

“他想骑车穿过公园。”妈妈讲道，“公园里的宁静河上有一座小桥，桥不高，但最好不要从那上面掉下来。当然，格里沙就不幸从桥上掉下去了。他醒来后，自己叫了救护车，等了一个小时救护车才到。老天就像故意跟他作对一样，当时公园里一个人都没有，他自己还动弹不得，好在电话没有摔坏。救护人员最终通过电话找到了他。”

“怎么会这么久？”外婆仍不明白。

“他的电话号码被记下来交给了救护车上的医生，医生给他打电话，问他的具体位置。公园很大，不可能开着救护车到处找，而且这天气……我无法想象他自己一个人躺在那里，骨头摔折……要知道他都没给我打电话。”

“天哪，太不幸了！”外婆哭着问，“哪儿摔折了？”

“我跟你说过了，左胳膊和左腿断了，桡骨、脚趾好像也有点儿……我不是很懂，但医生说基本没事，他们已经给格里沙打了石膏。”

“我明白了。”外婆问，“那自行车呢？还有其他的东西呢？就那样扔在公园里，你找谁去拿？”

“什么其他的？”妈妈耐心回答，“都拿回来了，格里沙说是开救护车的司机帮忙带回来的，医生不想带回来，但是格里沙坚持带回来了。我看到那辆自行车了，都摔坏了，现在在医院的院子里放着呢。我应该把它带回家，只是怕影响格里沙的心情。你们觉得呢？”妈妈询问安东和外婆。

“嗯？什么影响心情？”

“当然是因为自行车了。”

“这个傻瓜！”外婆咕哝着。

“不许这么说爸爸！”安东生气地喊道。

“我求你们不要吵了。”妈妈疲惫地说，“好吗？安东。外婆不是在说爸爸。她是心疼爸爸。”

临睡前，躺在床上的安东思考为什么自己想创作一首关于“玻璃雨”的乐曲。思考后，他明白了——爸爸在这个雨天摔倒了，他感觉很糟糕。

安东听着雨滴拍打窗户的声音，开始思考同一时间下的雨会不会不一样。对安东来说，从学校回家时看到的雨是美丽的、神奇的。但对爸爸而言则是危险的，因为这场雨让爸爸摔倒了。对外婆而言这场雨是讨厌的。如果要创作关于这场雨的乐曲，安东要创作自己看到的美丽而又神奇的雨的乐曲。如果是爸爸创作的话，那便是另外一种雨。一场雨，千般模样，每个人看到的雨都不一样。

雨的真实面目究竟是什么样呢？难道它不在城里，不在人群中，而是在田野里或者森林中？

安东想了很久很久，直到打起了瞌睡。在梦里，他听到了那段旋律，好像是有人用一架大键琴在遥远的地方演奏。安东对这段旋律感到很陌生，他从来没有听过，他努力试着记下来，但这段旋律很快消失了。安东又试着重现旋律，但还是不行。安东在梦里为此流下了眼泪。他知道出现在梦里的是“无人看见的雨”的旋律，那是真正的雨的旋律。

19.

玻璃雨

第二天，妈妈因有紧急工作不能去医院看望爸爸。妈妈给外婆打电话请外婆去医院看望爸爸，外婆准备出发。

“紧急工作！他们总是有紧急工作，不该紧急的时候总着急，该紧急的时候就没人。”外婆小声嘟囔道。

安东以前听过“紧急工作”这个词，所以他知道这是什么意思。有一天，他在临上学前一小时才想起来自己忘记做视听练习的作业。

“安东，你有紧急工作了。”妈妈说，“坐下来赶紧练，不然只能得2分，老师会批评你。”

于是安东赶紧练习。还好作业不难，只需要唱歌和做两个练习就完成了。

现在他知道妈妈也要去处理紧急工作。如果她完成不了，就不能下班。否则妈妈也会受到批评，甚至有一箩筐的麻烦事等着她。

安东让外婆带他一起去医院。

“疯了吗？”外婆自顾自地站在门口，对已经收拾好的大包点了点头，说，“这个包对我来说太大了，还得带着你？”

“那我自己去！”安东说。

“你待在家里！你妈妈明天去医院，让她带你去。我承受的负担已经够多了，你明白吗？”外婆嘟哝着，又嘱咐道，“不要给任何人开门，任何人！记住了吗？”

外婆离开，留安东一个人在家。

安东从来没有一个人在家里待过，他在房子里转来转去，看了看爸爸妈妈的卧室，又看了看外婆的房间。他发现爸爸妈妈房间里的味道和外婆房间里的味道完全不同。外婆房间里飘着药的苦味和食物的香味，而爸爸妈妈的房间闻起来很清新，有妈妈香水的味道。

安东想起昨晚梦到“无人看见的雨”的旋律。他回到自己的房间，坐在电子合成器前闭上双眼，尝试回忆那段旋律，但是只能想起一些模糊的片段。

安东曾听到爸爸说梦话。当时安东坐在自己房间的电脑前玩着射击游戏，爸爸躺在旁边的沙发上看着自己玩游戏，不知什么时候就睡着了。安东一直沉浸在游戏中。突然，爸爸大声地说了句什么，安东转过头想问爸爸说的是什么，却发现原来是爸爸在说梦话。爸爸又模糊重复了一遍，但安东还是没有听清楚爸爸究竟说了什么。爸爸笑了一会儿，又安静了下来，然后清晰地说“星期一”。

爸爸醒来后，安东问他做了什么梦，爸爸只是耸了耸肩。

“我不记得了。安东，难道我说梦话了？”

“你说梦话了。”安东笑着点点头，“说了‘星期一’。”

“‘星期一’？我可能梦见了一些工作上的事情。”

安东梦到的雨的旋律听起来也很模糊，断断续续的，就像爸爸的梦话一样难以理解。

于是，安东决定回想他和外婆一起走在“玻璃路”上时听到的雨的旋律。这段旋律回忆起来很轻松。刚开始安东尝试用一只手演奏，很快他发觉用一只手演奏不够用，便开始用双手演奏。音符在安东的双手间相互配合，传递着各自的情感。随后，安东用电子合成器记录下了这段旋律。

录完主旋律，安东便开始创作伴奏。他仍然用双手演奏伴奏，又为伴奏单独录音。随后，他找到所需要的程序，开始听主旋律和伴奏混在一起的效果。安东一遍又一遍地听着录音，很快他发现缺少一小段旋律，它应该在乐曲中间部分出现然后迅速消失，只是在主旋律和伴奏的声音中都没有听到。安东用电子合成器寻找到一个合适的音色——长笛声，又录制了用长笛音演奏出的新旋律。

安东很满意这首乐曲，他为它取名《玻璃雨》。只是这首乐曲无法一人演奏，要演奏这首曲子需要有“六只手”。他开始想，该怎么办呢？这时，安东的手机响了。

“干什么呢，安东？今天怎么样？”安东听到了爸爸的声音。

“爸爸！”安东高兴地叫道。

“对呀，是爸爸。你在干什么呢？”

“我在创作音乐，关于雨的。我把曲子录了下来，只是我无法一个人演奏。”

“为什么？”爸爸问。

“这首曲子需要三个人才能演奏。”

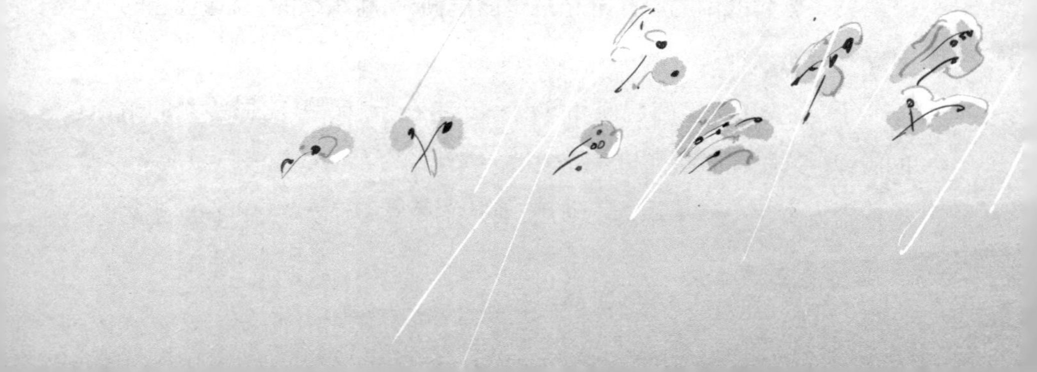

“三个人？难道需要三个人一起？”安东听出爸爸十分惊讶，“用电子合成器录音了吗？”

安东点点头。

“怎么不说话了？”在短暂的沉默后爸爸问。

“我回答了呀，我点头了。”安东说，“我现在给您放。”

“哦，是啊。我怎么就没有想到呢？”

安东打开了录音，将电话靠近电子合成器的声音播放口。

“太美了！”音乐结束后爸爸称赞道，“这都是你自己创作的？”

“嗯，都是我自己。”

“太悠扬了！太美妙了！”爸爸又说了一遍，“人呀，永远不知道会在哪里有所得，在哪里有所失。因为这场雨，我摔伤了腿，像傻瓜一样躺在这里。而我儿子为同一场雨写了如此美妙的音乐。安东，听着，你一定要将这首《玻璃雨》演奏给亚历山大老师听，一定！你们是什么时候上课？”

“周六。”

“周六要给亚历山大老师听这首乐曲，答应爸爸。”

“我答应您。”安东说。

“我现在不在家真是太遗憾了。好吧，我请妈妈用电脑下载合成器里的录音，然后存到播放器里。你拿着播放器放给老师听，这样更方便。记住了吗？这比手机的播放效果好。”爸爸指导着，“让我再听一遍这美妙的乐曲。”

突然，家里的座机响了起来。

“宝贝，干什么呢？”妈妈问。

“我在和爸爸聊天儿呢。”

“原来这就是爸爸电话占线的原因！”妈妈笑着说。

“妈妈说您很忙。”安东对着手机跟爸爸说。

“当然啦，我在和你通话。”爸爸笑着说。

“爸爸说他在和我说话。”安东对着座机的话筒跟妈妈说。

“哦，你……”妈妈回答，“我说什么来着？”

“小传声筒，让我和妈妈说说话……把全家人连在一起。”爸爸告诉安东。

“怎么弄？”安东很困惑。

“把两个话筒挨在一起，我们就可以聊天儿了。”

“安东，你在哪儿？”妈妈问。

“爸爸让我把电话听筒拿来，他要和您说话。”

“好吧。”妈妈叹了口气，“或许我跟爸爸直接通电话会更方便些。你先等等，等会儿我们再给你打电话。”

“爸爸，妈妈说……”安东开始传递信息。

“唉，把话筒拿来吧。”妈妈无奈应允道。

安东将手机的话筒对着座机的听筒，他举了很久，他觉得爸爸妈妈说的东西很有趣。

“圣诞树！”安东左耳听到爸爸的声音。

“你应该告诉医生，难道你还不好意思？”右耳听到了妈妈的声音。

“你去哪儿了？”爸爸问。

“唉，我看看情况，明天去。”妈妈说，“格里沙，你在听我说话吗？格里沙，你听得到吗？”

“喂？喂？喂！”爸爸喊着，“你在哪儿？”

“事实证明，当同时用两个耳朵听话时，声音会使耳朵发痒。”安东对着两个话筒说。

“传声筒又开始工作了。”爸爸说道。

“安东，我要挂电话了，还有工作要做。”安东的右耳听到妈妈说。

安东没什么可做的，他再次将两个电话的听筒放在一起，让它们在一起的时间更久些。过了一会儿，他忍不住又将听筒放在耳边时，座机的听筒里发出短促的嘟嘟声，而手机的听筒里则传出歌声：

希望是我航行的方向，
胜利是对勇气的嘉奖，
歌曲，一首就够了，
只歌唱故乡。

“爸爸，你在干什么？”安东疑惑道。

“妈妈已经工作去了。”爸爸回答道，“而我在唱歌。好了，安东，我的好儿子！拜拜！”

爸爸挂断了电话。

安东坐在电子合成器前继续听《玻璃雨》.这时他才注意到，这首乐曲他用的是 a 小调，所以乐曲一响，鹦鹉立刻就不叫了，只是默默地听着歌。音乐一结束，它就叫了三声，仿佛在对安东说："太——棒——了！"

安东看着鹦鹉，突然记起乐曲中长笛的旋律与"无人看见的雨"的旋律相似。虽然长笛的旋律很短，但安东认为这一部分才是点睛之笔，毕竟这段旋律成就了整首乐曲。

他想着，如果卡佳能演奏这首乐曲就太棒了。要知道卡佳学的就是长笛。

20.

外婆生气了

妈妈只有在周六才能去医院看望爸爸。因为她平时下班的时候已经过了医院探视时间，非探视时间，医院不允许探望病人。外婆经常会去看望爸爸，尽管安东每天都央求外婆带自己去医院看爸爸，但她总是拒绝安东的请求。

“你去医院干什么，医院里有什么可看的？”外婆说。

“他去医院不为别的，只是他从来没有去过医院。”妈妈反驳道。

外婆依旧坚持自己的立场。

“我不答应，就这样！不要带孩子去医院这种地方！你们就谢天谢地吧，我还能拖着自己这双病腿走路。”

外婆离开后，妈妈告诉安东不要惹外婆生气。

“要是外婆生气了，就没人去医院照看爸爸了，到时候我们怎么办呢？我的工作很快就要忙完了，到时候我们一定一起去看爸爸，好吗？再耐心等等。”

“好吧。”安东答应道。

外婆仍然很生气。周四，家里又爆发了争吵。周五，没有一个人去医院看望爸爸。

这一切都因安东而起。

那天，安东特别固执地要求外婆带自己去医院。从早上一直到晚上妈妈下班回家，他还在苦苦哀求，但外婆就是不答应。

“您能心平气和地给他解释一下，为什么不想带他去医院看他爸爸？这很难吗？”妈妈问道。

“我不能！”外婆坚持道。

“为什么？”

“没有为什么。”

妈妈冷冷地看着外婆，安东看出妈妈生气了。

“您怎么这么固执？您很喜欢别人求您？或者您希望我和安东跪在您面前求您？”妈妈质问。

“跪下来?！”外婆惊呆了，“你在说什么？”

“跪下，跪下！”安东笑着说。

他四肢着地在外婆身边爬来爬去。

“安东！现在！立刻！马上！停下来！”外婆惊恐着喊道，“你在干什么？擦地板吗？”

安东用额头一下下地撞着外婆的膝盖。

“你们简直……”外婆愤怒地离开了房间，砰地一下关上门，像是喊出了想说但未说出的话。

安东觉得门砰的一声应该是加强音。想要放大尖锐又意料不到的声音，可以通过加强音来实现。

周五，外婆没有和安东说一句话。妈妈下班回家，她也没有和妈妈说话。外婆噘着嘴、昂首挺胸，一言不发地从妈妈身边经过。

妈妈来到安东的房间，难过地看着安东。

“好吧，儿子，明天是周六，休息日。我们一定去看爸爸，一定去。”妈妈允诺道，“但是早上你要去上课。去医院的路很远，你会很累的，该怎么办呢？”

“我明天不去上课了。”安东说。

“怎么能不去上课呢？”

“我不去，没事的！”

“唉，我不知道，不知道……”妈妈叹了口气，“不应该旷课的。明天你应该给亚历山大老师听听你创作的《玻璃雨》。如果我们不给老师听这首乐曲，爸爸一定会非常着急的，你明天不是有作曲课吗？”

安东点了点头。

“看吧，还是应该去上课的。好吧，我等你上完课我们再一起去医院看爸爸。”

妈妈和安东一起看了动画片，聊了聊天儿。安东告诉妈妈，乐曲里的长笛部分想让卡佳来演奏。

“我见过卡佳，一个非常优秀的女孩。我听说她在学校既学钢琴又学长笛，真是好样的！为什么你想让她来演奏？你喜欢她吗？”

“喜欢，她很善良……”安东如实说。

“还很漂亮。”安东又小声地补充道。妈妈笑了，她抱住安东亲吻了一下，又拥抱着坐了一会儿。

“外婆今天一整天都没和你说话？”妈妈问。

安东沮丧地摇了摇头。

“对我也是。”妈妈叹了口气，“你不该和外婆开那样的玩笑。她腿疼，你还用额头撞她的膝盖，如果她失去平衡，摔倒了该怎么办？”

安东没有回答，他的脑海里突然出现了一个声音，只有一个音符不断重复着，很像外婆单调的抱怨声。安东试图摆脱这个声音，甚至

开始不停地摇头，但这个声音并没有因此而消失，反倒更加猛烈了。安东走到钢琴前坐到椅子上，开始用左手按着琴键，钢琴发出低沉短促的嘟嘟嘟声。

“这是什么？”妈妈惊讶地问。

“外婆的抱怨声。”安东说，“而这是她的叹息声。”

安东的左手始终弹着一个低沉的单调音，右手弹着小字一组①的两个音符。琴声听起来真的像是有人重重地叹着气“唉、唉、唉”，过了一会儿又“唉、唉、唉”。

---

①小字一组：将音乐体系中的音以七个基本音为一组，形成若干音组，其中位于中央的这个音组称为“小字一组”。

安东沉浸其中，没有发现妈妈是什么时候离开的。很快，妈妈带着外婆一起进来了，妈妈对外婆说安东正在为她“画肖像画”呢。外婆刚开始皱着眉听安东演奏的乐曲，随着安东不停地演奏，外婆的脸逐渐舒展开来。即兴弹奏之后，安东不再只用一个音符来“描绘”唠叨声和抱怨声，而是用安静的和弦替代了单一的重复和弦，同时用右手伴弹着叹息哀怨的音调和忧郁美妙的旋律。外婆坐在沙发上突然哭了起来，她用皱巴巴的手帕擦着眼睛。

“我非常爱你们。”外婆眼中泛着泪光说，“我只有你们了。除了你们，我没有其他亲人。我非常担心你们，不然我还能为谁担心？”

妈妈坐在外婆旁边抱着她，像抚摸婴儿一般摸着外婆的头。

“是的，我做得不对，我还埋怨你。”外婆啜泣着，“别生我的气，好吗？我爱你们！”

“我们没有生您的气。”妈妈笑着说，“只是偶尔。”

“谢谢你，亲爱的。”外婆不哭了，她从沙发上站起来，走到安东身边亲吻着他的头顶。“多美妙的肖像画啊！”她赞叹道。

“非常美妙！”妈妈赞同道。

21.

河 中

亚历山大老师的作曲课是这样开始的：

“通常，作品只有从头到尾在作曲家的脑海中响起时，作曲家才会将它记在纸上，这是一种方法。另一种则是即兴创作的方法。当作曲家能隐约听到一些音乐片段，同时这些音乐片段又贴近他接下来想要创作的作品风格时，作曲家便会坐在钢琴旁开始聆听，并尝试去找和他所需的风格相协调的调性和音乐短句。可能刚开始，这段旋律听起来有些胆怯，但随后会越来越自信，如同源源不断流淌的河流一般，而作曲家便可自由地撑着船在河中顺流而下或者逆流而上。”

谢廖沙小声对安东说：“胡说八道！”

安东将头转到另一边。

“这种方法最重要的是要学会‘游泳’。”亚历山大老师微笑着继续说，“否则你只会在河中不断挣扎甚至沉溺。在音乐中学习游泳就是要学习理解作品的曲式①，没有曲式的音乐就像一场客串演出。一旦作品拥有曲式，那它便能成为艺术。而这就是艺术的法则——创作、不断创新和完善曲式。”

“创新？”萨沙诧异道，“为什么还要创新它？不是已经都创作出来了吗？这已经很好了呀。”

①曲式：即乐曲的结构形式，固定曲式的乐曲具有比较规整的形态结构，利于听众理解和欣赏。

“因为艺术的目标是追求完美和理想。”

安东听到谢廖沙轻蔑地哼了一声。

“今天我们来讲奏鸣曲式[①]。准确地说,应该是快板奏鸣曲式[②]。这是曲式中最简单的类型,你们应该先学习掌握它。”老师开始举例,“呈示部——这是开头,展开部——中间,再现部——重复开头,和尾声——完成。”

安东默默重复着“呈示部,展开部……”其他的却又忘记了。

“你们喜欢读故事吗?”亚历山大老师问,“无论是童话、短篇小说、中篇小说甚至长篇小说,其实它们都是作家按照故事框架构建出来的。作家会让读者与主人公相识,然后与主人公共同经历一系列别开生面的冒险,冒险过后他们各回各家,故事就结束了。也许你们已经发现了,奏鸣曲和童话、小说的叙述结构是一样的——呈示部、展开部、再现部和尾声。”

安东再一次重复默记这些新词,但是这次却又忘了呈示部。

“那童话的尾声就是‘童话故事的结局,谁听谁是好孩子’?”卡佳问。

“没错。”亚历山大老师同意道。

“还有‘顺着胡子流,却吃不到嘴里’。”安东笑着喊道。

“也对,那这种尾声应该用什么调性呢?”

---

①奏鸣曲式:一种大型曲式,是奏鸣曲主要乐章常用的一种结构形式。一般来说,奏鸣曲式的结构由呈示部、展开部和再现部三大段依次组成。

②快板奏鸣曲式:指奏鸣曲的第一乐章,通常用奏鸣曲式和快板的速度谱成。

“当然是大调。”安东耸耸双肩。

“故事中所有的人都死了，那就是小调。”谢廖沙坏笑着。

“对，这种尾声应该采用小调。”亚历山大老师严肃地说，“你们不仅要弄明白音乐或是文学作品示例中的奏鸣曲式，更要知道存在于日常生活中的奏鸣曲式。我们生活的每一天里都可以看到奏鸣曲式，而这个作品里的主人公就是我们自己。”

安东在心中默念：“这又是怎么回事？”

“早晨你们起床，浑身充满力量。”亚历山大老师仿佛听到了安东心里的疑问，“你们知道自己今天要做什么，你们计划着要做这件事，要做那件事。这就是呈示部。”

“如果每天早上只想睡觉，这是什么曲式？”谢廖沙打断了老师的话。

“难道你们在这个年龄就已经想着天天睡觉了？”亚历山大老师惊呼，“年轻人的活力在哪里？青年人的蓬勃朝气在哪里？”

“还真是这样。”谢廖沙似乎很确定。

“我也想睡觉。”卡佳也承认。

“我也是。”“还有我。”其他同学纷纷应和。

“如果我在课上睡觉，还做了梦，这是什么曲式？”有位同学问。

“梦，是一天生活的回响，也是你们思想的回声。”老师笑着说。

“回声？像在山上的那种吗？”卡佳问道。

“啊哈，太棒了！现在我们在山上。”谢廖沙嘿嘿笑着。

“生活中任何事情都可能发生。”老师看向谢廖沙，“在艺术家眼中，他的梦像童话，像山中的回声，树可以直插云霄，草地可以是蓝色的，云是橘色的，人可以飞得像……”

“像河马一样！”谢廖沙补充道。

“为什么不可以呢？”亚历山大老师问道，“有些人可以像鸟一样飞，有些人可以像河马一样。在艺术的世界里一切皆有可能。一位真正的艺术家可以让河马像小鸟一样在天上飞……但是我们跑题了，现在让我们暂停刚刚抽象的思考，说一些具体的。音乐中有非常多的曲式，现在我给大家展示今天我们所学的奏鸣曲式。当你们开始创作时，一定要先想好作品的曲式。”

安东闭上双眼开始想象《玻璃雨》的旋律，它应该是什么样的曲式呢？

“让我们来听听莫扎特奏鸣曲。”亚历山大老师坐在钢琴前开始弹奏奏鸣曲。

课后，同学们都离开了教室。安东请亚历山大老师听《玻璃雨》这首曲子的录音。老师很喜欢这首乐曲，他听了好几遍，然后对安东说，他可以在三月份的青少年作曲家汇演上演奏这首乐曲。

“可是我要怎么演奏它呢？”安东问，“演奏这首乐曲需要两架钢琴和一支长笛，我一个人不行……”

“这就是我要关心的事了。”老师安慰安东。

“可以让卡佳吹奏长笛。”安东小声说。

22. 去医院

放学后，安东和妈妈去医院看望爸爸，爸爸看到他们非常开心。他和安东聊起学校的事情，还问安东近期在创作什么音乐。不一会儿，妈妈开始和爸爸聊工作上的事情，安东听着这些他不明白的话，很快便觉得无聊了。

他抠了抠爸爸的石膏，这石膏看起来一点儿也不奇怪，反倒很好笑。妈妈嘱咐安东不要碰爸爸的石膏，继续聊起他们大人之间的话题，安东便悄悄地从爸爸的病房溜了出来。

长长的走廊里空荡荡的，但很多病房的门是敞开的。安东不时地向病房里张望。他在一间病房里看到了一位老奶奶，她的脖子上打着石膏，正坐在病床上织袜子，她看到安东后，温和地向他微笑。

另一间病房里有四个叔叔在打纸牌。一个叔叔的右手打着石膏，左手拿牌；另一个叔叔的左手打着石膏，右手拿牌；第三个叔叔的双腿打了石膏，他可以用双手打牌；而最后一个叔叔的双手打着石膏，只能坐在旁边看着这三个叔叔玩，他一会儿看看这个叔叔，一会儿看看另一个叔叔，有时还提点建议。他们发现了安东，双手打着石膏的叔叔竟向安东吐了吐舌头，安东也吐舌头做鬼脸回应他。这个叔叔大声说了什么，其他三个叔叔都看向安东，安东以为这三个叔叔也会向他吐舌头，但他们却扭头继续玩扑克。

安东在第三间病房门口愣住了。这间病房里只有两个床位，一个是空的,而另一个床位上似乎躺着一个大“洋娃娃”。这个“洋娃娃”从头到脚打着雪白的石膏，连头上也戴着白帽子，只有手和脸露在外面。安东看到她手上戴着订婚戒指,这种戒指爸爸妈妈也有。他走到她的病床前,看到“洋娃娃”闭着双眼。病床旁的床头柜上放着一个插着紫罗兰的玻璃花瓶、一碗麦片粥和一个小茶匙,还放着一个小小的白色播放器和一副耳机。安东很诧异,要知道“洋娃娃”都不能自己打开播放器,也不能自己戴耳机,更不能自己拿勺喝粥。

安东一直看着“洋娃娃”的脸。她非常美,只有动画片中的公主和美人鱼才有这样美丽的面庞,只是“洋娃娃”的嘴唇有些苍白,还有些许干裂。但是她的睫毛和眉毛乌黑浓密。安东打量着,他发现“洋娃娃”的睫毛在微微地颤动,嘴角也在微动。

突然,“洋娃娃”缓缓睁开了双眼,玻璃球般的眼中还噙着泪水,安东愣住了,他无法将视线移开。接着,他听到了“洋娃娃”的呻吟声,这声音吓得安东一哆嗦。后来,他才反应过来这呻吟声是多么轻微,紧接着病房里传来“洋娃娃”用尽全力的尖叫声。

安东向后退,跑回到医院的走廊上。

妈妈找到了安东,批评他擅自从爸爸的病房里跑出来。但她看到儿子的眼睛时,不禁诧异地问道:

“发生什么事了？”

安东没作声,低下头。妈妈看了看安东刚刚跑出来的那间病房。

“我的天哪！”妈妈惊呼道,抓起安东的手立马回到爸爸的病房。

当天晚上,安东做了一个十分可怕的梦。他被吓醒时还是夜晚,但房间里的灯都亮着。妈妈坐在床边的沙发上温柔地安抚着安东,外婆穿着睡衣光着脚出现在安东房门口。

“他怎么了？嗯？这孩子怎么了？”外婆惊慌地问妈妈。

“乖儿子，好了好了，没事了。”妈妈一边轻声说着，一边抚摸着安东的头，“宝贝，别怕，一切都好了。你在家里呢，妈妈在你身边。”

安东听着妈妈的话安静下来，他记不起梦到了什么，只记得是个噩梦。妈妈轻抚着安东的头，哼唱着哄他睡觉。很快，安东又睡着了。

她们不再让安东去医院看望爸爸了。现在不仅外婆坚持不让安东去，连妈妈也反对他去。

“你们怎么想的？把孩子带到医院，让他在那里看到各种各样的恐怖事情，叫喊了一整夜。”外婆说。

爸爸则表示了不同意见。

安东听到妈妈对爸爸的回答，从她的言语间能猜出爸爸在说什么。妈妈反复说：

“什么是生命的真相？他还太小，这些真相等他长大……一切要顺其自然。”

“我也不想他像温室里的花朵，但是我们也要保护他。你是没有看到他昨天夜里有多么害怕和恐惧。我也不知道他究竟做了什么噩梦，但就是在他看了那个女孩之后才这样！那个女孩发生了什么？你知道吗？”妈妈说。

妈妈一直在听爸爸的回答，后来妈妈摇着头，说：“太吓人了，天哪，可怜的姑娘！”

“为什么我不能再去看爸爸？”安东苦苦哀求着。

妈妈只是坚决回答：“不行！”

23.

神奇的河马

安东在电话里问爸爸，为什么他不能去医院。

“我也不明白为什么你不能来医院看我。”爸爸坦言，“但是妈妈和外婆听到你的‘夜间音乐会’了，据说，你拼命地喊叫，你梦到什么了？”

“我不记得了。”安东说。

“也许你从医院回去后被吓到了？或者你创作了什么惊悚的曲子？你新创作了什么？”

“什么都没有。”安东回答。

“那是怎么回事？”

“我也不知道……”

“我明白了，创作危机。”爸爸猜测，“之前我就想问你了。我曾看过一部关于柴可夫斯基的纪录片。纪录片里提到，当柴可夫斯基还是小男孩时，他为了让音乐停下来经常又哭又闹，你能明白吗？他的脑海中总是响起音乐，这些音乐折磨着他，所以他用又哭又闹的方式试图让音乐停下来。你也会遇到这种情况吗？音乐声也会经常在你脑海中响起吗？”

“不经常。”安东诚实地回答。

“那什么时候会响起音乐呢？”

“当我专注想某一件事或者看到某些东西时。”

“你看到了什么？”

“嗯……任何东西。”

“有趣。听着,你现在看向窗户,看到了什么？”

“我看到了窗帘。”

“嘿,你故意的！我指的不是这个,你往窗外看。”

安东走到窗边,拉开窗帘。

“看了吗？你看到了什么？”

“看到了我们的院子、树木、明亮的路灯、飘舞的雪花。”安东一一说出他眼前的事物。

“怎么样？有音乐节奏响起吗？”

“没有。”安东叹了口气。

“太遗憾了。总的来说,这是一个谜。我永远也不会明白音乐究竟是如何诞生的,作曲家如何将脑海里的声音变成音符。这对我来说简直就是一片无法触及的‘黑森林’。唉,我要睡了,真想回家呀,很快就能回家了。”

安东放下电话后，开始回想爸爸的话，音乐的产生是一片黑森林,更是一个谜,他又回忆起亚历山大老师讲述的创作音乐的不同方法以及作曲家不应该局限自己的想象，还想起了课上谢廖沙喊出的“河马”。

安东一直站在窗边。天黑了,一朵朵雪花在路灯的照射下闪闪发光。以前,伊利亚爷爷总喜欢在下雪时坐在房前的路灯下,被雪花覆盖的路灯好像包裹了一层棉花。安东想,如果爸爸没受伤,现在会在路上骑自行车,骑到门前来一个急刹车,然后爸爸会向窗内的自己挥手。

突然，一抹巨大的阴影在路上蔓延开来，安东向上望，他看到一只河马在路灯下重重地拍打着坚实的翅膀。

河马看看安东，向他眨眨眼便笨重地上升，它一直向上飞，直到完全消失在安东的视线中。

安东满心欢喜地坐在钢琴前弹奏了几个和弦，然后用低音音符弹奏了河马主题的乐曲，还想象如果这是一只神奇的河马会怎样？

这只神奇的河马飞到医院那位重伤姑娘的床边，认真地看着她，然后就飞走了。重伤的姑娘突然醒了，她感觉自己已不再需要石膏，她已经康复了，所有骨折的骨头都完好如初。她呼叫医生，医生一边摇着头，一边敲了敲石膏做着诊断。令医生惊讶的是，姑娘真的完全康复了，医生为她拆除了石膏。所有人都见证了姑娘从床上坐起来，然后一步一步地在房间里走动，后来甚至在医院的走廊里奔跑起来。

她一定也跑到了爸爸的病房。但是爸爸已经起身打算回家了，因为神奇的河马也曾透过窗户看过爸爸……

24.

危　机

从二月初开始的每周六，安东、卡佳和谢廖沙一起排练《玻璃雨》。亚历山大老师根据安东的录音，将这首需要两架钢琴和一支长笛共同演奏的乐曲谱成了乐谱，同时还提出了一些小建议。

每周的主课课后排练一次，排练时总是充满欢乐。亚历山大老师、卡佳甚至玛娜娜老师，几乎所有人都喜欢这首乐曲。谢廖沙也不再嘲笑安东，有一次还说《玻璃雨》确实非常动听！

被夸奖的安东却经常在自己演奏的部分进行即兴创作，因为他觉得这样可以使这首乐曲更加完美。每当这时，亚历山大老师和玛娜娜老师只得暂停排练，并向安东解释乐团合奏时不能即兴创作，因为这会打乱搭档们的节奏，应该按照乐谱演奏。

安东点头答应。他们三人重新按照乐谱演奏。刚开始没有一个人弄错，直到安东再一次弹得忘乎所以又更改了自己演奏部分的乐谱。老师们对安东的行为很生气，谢廖沙悄悄向安东挥挥拳头，弯腰靠近安东，恶狠狠地说："哼，天才！"

安东再次更改乐谱后，排练又被叫停。玛娜娜老师走出了教室，卡佳看了眼安东后便立刻转过头，谢廖沙则根本没有看安东，只有亚历山大老师无奈地对安东摊手微笑。

安东从教室出来去一楼喝水，在楼梯转角处，他听到了叶莲娜主任和玛娜娜老师的声音，安东停下来，听到她们在谈论自己。

“这非常严重，叶莲娜主任。毫无疑问，这个孩子确实极有天赋，但我不明白他到底在想什么。没有一场排练能正常进行下去，他要不在即兴创作，要不就是改节奏，改节拍……孩子们都焦头烂额的。要知道，很早之前他们就学会演奏这首曲子了。但安东简直太荒唐了……”

“这确实很荒唐，但安东了解这首乐曲。”叶莲娜主任笑着说。

“这正是荒唐之处。还有一件事，您仔细回忆一下，在不改编的条件下，我们教的曲子有哪一首他能够从头到尾演奏下来？是，他有权利演奏自己创作的曲子，但是他还经常改别人的曲子，像鲁布巴赫的《麻雀》，他改了结尾部分，用低音配了和弦。当我问他为什么这么做时，您知道他是怎么回答的吗？‘麻雀飞呀飞，挥着翅膀撞到了树上’，‘撞到了树上’是他的原话，他自己就是这么说的。”

叶莲娜主任笑了出来。

“您还笑，我可笑不出来。”玛娜娜气呼呼地说，“还有一次，是麻雀一直向上飞，然后站在树枝上叽叽喳喳地叫着那部分，他从最低音区起弹，用四个八度音阶的最高音符结束。我问为什么，他回答‘麻雀生病了，它们很难飞到树梢上’，还有小考时他弹奏的《熊》，您还记得吗？”

“记得，我当然记得。”叶莲娜主任肯定地回答。

“我搞不明白到底要怎么办。我这辈子第一次遇到这样的学生，很抱歉，我有些鲁莽了！但是我太气愤了，要不另换一位老师教他吧。”

“你这是怎么回事，玛娜娜老师？这怎么可能！除了你，还有谁能

教安东呢，要知道这个男孩真的非常有天赋！”

“天赋，我不否认。但是他太古怪了。我知道真正的天才总是会偏离轨道，但这完全不是一回事！我跟他讲过，也解释过，他呢，不听也不看我。我从业四十多年，什么样的学生没见过，可第一次遇到这样的学生。现在这场汇演，我恐怕……唉，如果是他个人演奏，那还好，或者即兴创作这都不怕，但要知道他可是在合奏团里演奏。广大作曲爱好者都会观看这场青少年作曲家汇演。如果他直接在台上即兴创作，那他的搭档将会不知所措。您明白吗？”

“这我明白。”叶莲娜主任叹了一口气，“你有什么建议吗？”

“把安东换下来。”玛娜娜老师说，“现在换人还不晚。安东弹奏的那部分不难，任何人都能弹。四年级的萨沙既有实力又有责任感，学什么都特别快，更重要的是他不会在汇演的舞台上即兴创作。”

“我不想把安东换下来。”叶莲娜主任反驳道，“这首作品终究是他创作的。”

“如果被他搞砸了呢？”

"我不想争论,我明白你的顾虑是有道理的。还是让我们再观察观察,可以让萨沙练着这一部分,下次排练时也让他和其他人试着合奏一下。"

安东好像听到有人上楼的声音。他立刻从窗户处走开,看向院子:绒毛似的雪花在空中飞舞着,学校前面的小路上有几只麻雀在蹦来蹦去,甚至隔着关得严严实实的玻璃窗都能听到它们叽叽喳喳的叫声。

一双手搭在了安东的肩上,安东回头,看到了叶莲娜主任。

"安东,你好,怎么样?"她温柔地问。

安东耸了耸肩。

"我刚刚和玛娜娜老师谈了一下,她说《玻璃雨》这首曲子你总是即兴修改自己的那部分。这很不好,安东。要知道你是在一个团队中进行演奏,这样会打乱同伴的演奏。你可以告诉我,什么时候合奏你能忍住不改自己的曲子呢?"

"我不知道……"安东叹着气说。

"你不要生气好吗?以防万一,我们决定给你找一个替补。我再重申一遍,只是以防万一,这种情况极少发生,例如,你突然生病了,当然但愿不会如此。你创作的乐曲非常美妙,如果不能在汇演比赛时亲自演奏它,那会非常遗憾。我始终不明白,为什么你总是频繁更改自己那部分的曲子呢?你不喜欢它吗?还是整首曲子你都不喜欢,你想让它听起来更好?"

"我不知道。"安东再次耸了耸肩。

叶莲娜主任沉默地看着窗外院里的麻雀,突然,她笑着看向安东。

“你还能想起自己最初的记忆吗？好像在那份记忆之前一切都不存在，而你的生活正是从这份记忆开始的。”

安东开始回忆自己最初的记忆，但好像没有什么特别的印象。

“你知道吗？我的最初记忆，我记得……我只记得雪是怎样落到水洼里。也许是那年的初雪，可能是秋天，也可能是春天……天气突然变冷，下起了雪。我不记得是春天还是秋天，但是雪花飘落到水洼里迅速融化的场景，我却记得非常清楚。”

25.

猴子和强盗

爸爸终于出院了，但是石膏还没有拆，所以爸爸用右腿在屋子里蹦来蹦去。

妈妈给爸爸买了一副四脚拐杖，弯着伤腿的爸爸就像一只仙鹤。安东曾在一本图画书中看到过这样的画面：仙鹤单腿站立，另一条腿弯着紧贴身体，在沼泽地中仔细观察着周围的一举一动。草地里的青蛙都躲着仙鹤，因为仙鹤到沼泽地是为了寻找青蛙当午餐。那时安东很小，还不会读书，是外婆给安东讲了书中的这幅画。所以，当看到爸爸一条腿着地，拄着拐杖在屋里蹦来蹦去时，安东立刻想起了这幅画。他对爸爸说："你像一只仙鹤！"

"它能和我比？"爸爸反驳道，"哪有我这样的仙鹤？准确地说，我更像是在战斗中受伤的猴子。"

爸爸刚回家的那几天，屋子里总有摔坏的东西。出院回家的第一天晚上，爸爸在走廊里蹦的时候绊了一跤，撞在了鞋柜上，鞋柜被撞掉了几块隔板。第二天，安东和外婆去了学校，妈妈去上班，爸爸蹦到安东的房间，他没保持住平衡，脸磕到了钢琴上，不仅磕破了鼻子，眼睛下面还磕了一大片瘀青。爸爸还没适应用一条腿在家里蹦来蹦去时，家里有不少盘子、杯子被摔碎了。

"太吵了！你就不能老实待会儿？"妈妈生气道。

"你能想象吗？我发现咱家每个房间的门槛都很高呀！"爸爸为自

己辩解，“浴室、卫生间，还有厨房，之前我都没注意到。”

“要是屋里再有东西摔坏，我就把你绑在沙发上！然后我们用小勺喂你吃饭。”妈妈吓唬爸爸，“对吧，安东？我们用小勺喂爸爸吃饭。”

“对！”安东点点头。

安东想到用小勺给爸爸喂粥的画面，不禁笑了起来。

到了第二天，家里又有东西摔坏了。妈妈却只是埋怨了几声，并没有把爸爸绑在沙发上。她还在打扫摔碎的杯子和碟子时说：“也好，旧的不去，新的不来。”

安东喜欢看爸爸用一条腿蹦来蹦去的样子，他还喜欢听爸爸蹦跳时的节奏，有时沉重又缓慢，有时轻盈又敏捷。

很快，父子俩想出了一个游戏。

安东开始给爸爸的蹦跳声伴奏，爸爸满走廊蹦，安东按照爸爸蹦跳的节拍配和弦。爸爸随着和弦一路跳回安东的房间，扑倒在沙发上休息，还对安东说这个模仿他蹦跳声的音乐游戏很有趣。

“等会儿。”爸爸费劲地起身蹦出房间，“不要跟着我，我马上回来。”走廊里传出爸爸的声音。

几分钟后，安东的房门口出现了一个“强盗”，“强盗”的头上戴着草帽，一只眼睛被手帕蒙住，另一只眼睛下面露出青紫色的瘀痕，嘴里还叼着一把黑柄的玩具刀。“强盗”将手中的四脚拐杖夹到一侧胳膊下，一边单腿在屋里蹦来蹦去，一边挥舞着玩具刀叫喊着让小“强盗”加入。

安东也迅速用头巾蒙住自己的一只眼睛扮成强盗，并用钢琴弹奏着《强盗之歌》。

“呦吼吼！”大“强盗”喊着，“给我来瓶朗姆酒。”

“呦吼吼！给我来瓶朗姆酒。”小“强盗”附和道。

“一个桶上有一百个怪物！”大“强盗”喊着。

“一个桶上有一百个怪物！”小“强盗”更大声地喊着，同时用手掌和手肘敲着琴键。

外婆听到了“强盗”们狂欢作乐的叫声跑进来。

“你们疯了？！”外婆喊道。

大“强盗”看到外婆后，挥舞着玩具刀向她蹦过去。外婆吓得赶紧溜回自己的房间，砰的一声关上了门。

外婆离开后，大“强盗”又变回了爸爸。爸爸看着安东说，今天他们将受到妈妈的严厉斥责。安东很喜欢“斥责”这个词，他点了点头，坚信他们今晚一定会受到严厉斥责。

“或许不会。”爸爸抱有一线希望。

“会的。”安东叹着气，“外婆会告诉妈妈的。”

“我们看看。”爸爸笑着说，“要提前做好准备。妈妈回来时，你要表现出痴迷于强盗游戏的样子。”

妈妈下班回来，父子二人又变成了强盗。

爸爸戴着妈妈的草帽，遮住一只眼睛，单腿满屋子蹦来蹦去，只是这次嘴里没有叼玩具刀。虽然不叼玩具刀没那么有趣，但是他们不想惹妈妈生气——如果她看到爸爸的嘴上叼着刀，一定会大发雷霆的。安东化了“瘀青妆”，和爸爸沉浸在强盗进行曲中。妈妈笑看着这两个“强盗”。当强盗游戏结束时，妈妈说他们完全不像强盗，而像疯子，然后便去厨房准备真正的强盗晚饭——通心面和肉饼。

父子俩又玩了两次扮演强盗的游戏和一次“带着手榴弹的猴子”的游戏。“手榴弹”是用装过柠檬水的空玻璃瓶做的，但是空玻璃瓶意外从爸爸手中滑落摔碎了。安东打扫地上的碎片时，不小心把自己的手割破了。

妈妈训斥了父子俩一顿，禁止他们再玩“强盗”和“猴子”的游戏。

“如果你们不听话……”妈妈郑重地说。

他们也不知道不听话究竟会发生什么，而这也成了一个谜。

26.

成年人的对话

晚上，妈妈来到安东的房间，她坐在床边，给安东掖了掖被子。

“乖儿子，妈妈想和你商量一件事。”妈妈说，“你已经是大孩子了，也懂很多道理……我们要爱护爸爸，不能放纵他这么和你做游戏。他不能这样，你明白吗？他现在应该尽可能多地躺着休息，只有这样他的骨头才能更快长好，要是他再这样满屋子蹦来跳去，万一又摔坏胳膊或者腿，还要再去医院接骨头、打石膏，你明白吗？”

安东紧张不安起来，他不敢想象要是爸爸因为做游戏又一次进了医院可怎么办。

“那他为什么要不停地蹦来蹦去？”安东问，“他跟我说让我们假装自己是拿手榴弹的猴子。”

“是，他这样逞威风是因为……”

“逞威风？”安东不明白。

“对，逞威风。如果你仔细观察爸爸的话，会发现他现在很烦闷。他曾是家里的顶梁柱，受伤后他突然觉得很无力。之前无论是雨天、雪天还是风暴天，骑车对他来说都轻而易举。但是现在却发生这样的事，受伤后为了不碰到伤口他不能去浴室，还有家里房间的门槛，他以前从来没在意过，现在却突然觉得变高了……还有更严重的，爸爸受伤的地方其实很疼，只是他不想让我们知道。有时候，我会听到他在睡梦中发出痛苦的呻吟声，要知道就连睡觉的时候，他摔坏的骨头都在疼痛。他经常痛得睡不着觉。我假装睡着，他躺在我身边，为了不打扰他，我都不敢翻身。有一次我问他很疼吗，他回答不疼，然后就生气了。他说如果打扰到我休息，他就去厨房睡。可是你要明白，他不是对我生气，而是对疼痛感到愤怒和无奈，因为他无法掌控疼痛，他气愤自己疼痛的呻吟声把我在半夜吵醒……"

安东认真地看着妈妈，突然间他感觉有眼泪滑过自己的脸颊。妈妈看到安东脸上的泪水，心疼地将他紧紧搂在怀里。

"好孩子，原谅妈妈。你已经是大孩子了，什么都懂了。正因为你很爱爸爸，所以妈妈才会告诉你这些。爱不仅仅是送礼物或单纯地让爱的人开心，还要关心他、爱护他……为了不让爸爸再感觉自己很糟糕、很无力，我们应该一起爱护爸爸。"

母子俩又聊了很多。妈妈走后，安东决定不再和爸爸玩"猴子""强盗"的游戏。虽然他已经做出决定，却仍然感到有些难过。因为大"强盗"暂时不能在屋里蹦来蹦去，也不能对小"强盗"喊："桶上有一百个妖怪！呦吼吼，呦吼吼！给我们朗姆酒，朗姆酒！"

27.

照　片

早上，妈妈出门上班后，爸爸蹦跳着来到了安东的房间。爸爸的手里拿了一本相册，他坐在沙发上，将相册放在双膝上。

“我知道，马上就是你汇演前的最后一次彩排了。老师们将决定是由你本人演出还是换另一个男孩，他叫什么名字？”

“萨沙。”安东回答。

“对，萨沙。玛娜娜老师曾多次跟我提过，说你在合奏排练时总是即兴创作。我不明白为什么这样，但是我想帮助你，只是你要努力试着去理解我今天的话，好吗？”

安东点了点头。

“我想了想，来。”

安东走过去坐在爸爸身旁，爸爸打开相册。

“你觉得大家为什么想要拍照？”

“为了看照片？”安东回答。

“有可能。”爸爸笑着，“照片上都有什么？例如这张。”爸爸指着一张安东还不到一岁时拍的照片，照片中的安东趴着，好奇地看着镜头。

“这是我！”

“回答正确，那时候你几岁？”

“我不知道，反正很小。”

“很久以前你还是一个小孩儿，对吗？”

“那是很久以前了。”

“你真不记得自己当时的样子？还有一张照片，这上面的是谁？”

爸爸又展示了另一张照片，照片上的小男孩也趴着好奇地看着镜头，只是这张照片看起来有些旧，还有些破损。

“这也是我？”安东怀疑地问。

“老兄，这是我！”

“你?！”安东惊呼，“这么小？骗人！”

“咱俩小时候长得很像，对吧？”爸爸将这张照片放在刚才那张的旁边，“咱俩小时候看起来确实像双抱胎，连姿势都一模一样。”

“还有。”爸爸说着递给安东另一张照片。

照片上有一个七岁左右的女孩对着镜头微笑，她的身后有一架秋千。

“你猜她是谁？”爸爸问。

“妈妈？”

“嗯，是妈妈。不过不是你的妈妈，而是妈妈的妈妈——你的外婆。这可是她唯一的一张童年照片，如果这张照片丢了的话，那外婆的童年也就没法儿保存下来。因为没有保存这张照片的底片，没有底片就没法儿再洗照片。要是丢了的话，真是太可惜了，对吧？”

“太可惜了。”安东赞同道。

“如果没有这张照片，我们就不可能知道外婆童年时的样子。那现在我们来想想，我们能做些什么，可以让外婆的童年变得与众不同？”

安东不明白爸爸的话。

“假如他们给外婆拍照时，外婆不是七岁，而是三岁或者是十二岁，我们能做什么？”

“我们什么都不能做。”安东回答。

“是的，我们什么都不能做。因为过去是无法被改变的，明白吗？即使你拒绝接受，它也无法改变。你创作的乐曲就像过去的照片一样，只不过是用声音记录的。你用声音记录下那天你和外婆从学校回来，走在像玻璃一样闪闪发光的路上的画面。如果你回家后没有去记录它，这个画面将会彻底消失，但是你记录了下来，它就变成了一张有声的照片。虽然这张照片是看不见的，但是你可以将它演奏给我、妈妈或其他同学听。那为什么你总想改变过去的画面呢？这可能吗？”

“不可能。”安东小声地回答道。

“对！安东，我还想重复一遍，过去是无法被改变的。你看到的那场雨也不会再出现,准确地说——任何事情从来只有一次机会,你好好思考一下。”

“我会好好想想的。”安东答道。

28.

彩　排

这是汇演前的最后一次彩排，就像玛娜娜老师说的，是总彩排。今天，老师将决定是由安东参加汇演还是换萨沙去。

演奏前，安东想起了自己和爸爸关于音乐照片的谈话，他下定决心让玻璃雨停留在自己第一次看到它时的模样。他们开始演奏乐曲，这次没有因为安东临时蹦出的新想法而出现磕磕绊绊或者不流畅的问题。

玛娜娜老师疑惑地摊开双手：

“我搞不懂，是出现奇迹了吗？安东，发生了什么？你今天怎么了？”

像往常一样，安东耸了耸肩，他不想说音乐照片的事。

“也许，这是偶然。”玛娜娜老师说，“再来一遍。”

他们又弹奏了一次，这一次仍旧流畅、完美。

“这简直超出了我的理解范围。”玛娜娜老师惊呼，“这不可能！”

“为什么不可能？”叶莲娜主任笑着问道。

“因为这种情况不常发生。再来一次！”

他们开始第三次演奏。这一次，安东依旧按照乐谱原原本本地演奏着自己的部分，没有任何想象，也没有添加新的和弦。

“嗯，足够了。”叶莲娜主任说，“我觉得一切都清楚了，汇演还是安东本人参加吧！”

“这里肯定有陷阱。”玛娜娜老师激动地说，“换萨沙表演会更稳妥。”

“安东刚刚才明白一些重要的事情。这是正确的，也许这可以帮助他发挥得更好。”

“我在演奏照片。”安东坦言。

“什么，你在弹什么？”

“也许你有一个照相机？多少像素的？”

所有的小伙伴都笑了。

他们的嘲笑让安东很生气，只是他决定不再做任何解释。

29.

更衣室

妈妈不能去参加安东的作曲家汇演比赛了。三月假期一过，她才得知汇演的前夕她要动身去外地出差。

妈妈出差前几天，她又洗又熨又收拾，还买了很多食物填满冰箱。妈妈非常担心。不知道她出差不在家的整整十天里他们该怎么办。

“一切照旧！我们是什么？是男子汉！”爸爸保证道。

“我们是什么？是男子汉！”安东重复着爸爸的话。

尽管距离汇演还有三天，但妈妈还是在临行前将安东的衬衫、西装、马甲还有小领结都熨好，把小皮鞋擦好。刚开始，爸爸想要擦鞋子，但他用一只手擦不了鞋，他只能将鞋油涂在鞋上，慢慢擦拭鞋油周围的那一小块地方。妈妈看着爸爸笨拙的动作，径直将鞋子从爸爸手里拿过来擦了起来。

早晨，妈妈出差走了。当天晚上，安东久久都不能入睡。路灯的光透过窗帘照进房里，风摇晃着树枝，树影在屋里飞来飞去。安东想起爸爸睡前给他读过很多遍的诗。诗的名字叫作《夜晚》。

摇曳、摇曳着夜影，徘徊着虚幻的嬉笑

轻点，我的宝贝哭了，别吓到他

嘘——

是谁在泛银光的墙后嚎叫起舞

是谁在寂静的黑暗中呻吟

别怕，我的宝贝，轻点

风呜咽着

摇曳着

嘘——

摇曳着夜影，徘徊着虚幻的嬉笑

夜影——长夜的守护者……

嘘——

再小声点

这是爸爸写的诗，他创作这首诗时安东还特别小。爸爸经常在安东睡前读给安东听。安东不是很明白诗的意思，但是它像乐曲一样的节奏让安东很着迷。

安东悄悄背起了这首诗，他听到了脑海中响起的旋律。可是后来他分心了，他想念妈妈，想妈妈第一次离开家这

么久，想着这漫长的十天。

后来安东又想到演出，他担心自己忘记音乐照片而在演出时又即兴创作，这一定会让同学和老师失望的。他看着墙上小矮人的画，想看到小矮人的微笑。但在这“不安宁”的半明半暗中，浮动在小矮人脸上的影子使安东无法分清此刻他是忧郁的还是快乐的。安东不停地看着小矮人，不一会儿，有节奏地跳动着的影子便哄着安东入睡了。

虽然前一天还是春意十足的暖和天气，太阳温暖着大地，万物在复苏。但在汇演这天，冬天回归了。狂风吹得雪花不断飞舞，地上似乎覆盖着一条白色的毯子。

“准备好，你要迟到了！”爸爸匆匆跳进了安东的房间。

汇演在城市另一边的一所学校举行。安东和外婆需要先乘坐地铁，再乘有轨电车，然后换乘另一班有轨电车。这所学校不久前才建好，是一栋既有宽敞的前厅，又有大礼堂、小礼堂和多间明亮教室的六层建筑。孩子们在这里不仅能学习音乐，还可以学习绘画和舞蹈。大家称它为艺术学校。

卡佳和谢廖沙已经在前厅等候，外婆将安东送到前厅后就立马去了观众席。孩子们被带到了三楼的一间教室，他们在这里见到了玛娜娜老师。谢廖沙身穿白色衬衫和黑色西服，戴着领带，他的皮鞋擦得锃亮。卡佳穿着有白色领子的灰色连衣裙，这条裙子和她金色的头发、深色的眼睛十分相配，安东觉得世界上没有比卡佳更美的女孩了。

他们在这间教室里排练，谢廖沙漫不经心地弹着他自己的那部

分乐曲。玛娜娜老师指责了他好几次。

“还有什么可练的？”谢廖沙打着哈欠说，“这太简单了。”

“但是你的节奏慢了。”玛娜娜老师严厉地训斥了他，“安东能坚持跟着你的节奏，但是卡佳很难进入，你没有为她的演奏做好充分准备。这是你的错，谢廖沙。请不要敷衍了事。”

“好吧，玛娜娜老师。”谢廖沙瞥了一眼安东，咧着嘴笑，“我会尽力的，不然怎么办？还是要对演奏精彩音乐负责的！”

叶莲娜主任和亚历山大老师很快也来了。叶莲娜主任说安东、谢廖沙和卡佳看起来都非常精神。亚历山大老师则沉默不语，他一个星期以来都在生病，没有去学校上课。尽管身体没有完全康复，但他还是坚持来看这场演出。他透过镜片用蒙着泪的眼睛看着孩子们，沉重地呼吸着，不时地咳嗽几声。叶莲娜主任预祝他们演出顺利。亚历山大老师本想补充几句祝福的话，但是他突然猛咳了几下，拿出手帕大声地擤着鼻涕，然后他什么也没说，挥了挥手从教室走了出去。

“生着病怎么还来了？”玛娜娜老师很疑惑。

不久，安东他们被叫走了。他们下到一楼，来到舞台后面的房间。这个房间叫作“演员休息室”，因为演员要在这里候场。安东的学校也有一个这样的房间，他们叫它“更衣室”。有一次，安东问高年级的学生为什么给它起名“更衣室”。他们回答：

“舞台是桑拿房，这里就是更衣室。”

“为什么是桑拿房？”安东不解地问。

“难道你平时在台上不热吗？”高年级的学生笑着反问。

安东只能耸了耸肩，他刚通过人生中的第一次小考，还没有登台演出的经历。但是，今天他终于明白大家为什么叫它“更衣室”了，他现在非常紧张，紧张得浑身发热。

全俄青少年作曲家汇演比赛有两个类别——独奏表演和合奏表演。昨天进行了独奏表演，今天只有合奏表演。安东、谢廖沙和卡佳要进“更衣室”时，民乐合奏团的演员刚刚从舞台上下来，手里拿着多木拉琴[①]、巴拉莱卡琴[②]、巴扬手风琴[③]和键盘式手风琴的合奏团乐手闹哄哄地堵住了安东他们的路。安东他们不得不等着这支民乐合奏团的演员离开后再进去。但是只过了几分钟，“更衣室”变得更拥挤了。民乐合奏团演出后，登台演出的是室内乐团。安东看着表演者手中的小提琴、中提琴和大提琴，心想：是什么样的乐曲，需要这么多乐器一同来演奏呢？又是谁创作的呢？他知道这个作曲家一定是学生，因为这是参赛条件之一。他好奇地猜测着，在这几个即将登场的演奏家中究竟哪个是作曲者呢？

安东他们前面只剩两支队伍了，玛娜娜老师从“更衣室”离开了，离开前说她会观看他们演奏，叫他们在演出结束后不要随意走动，要等着她。安东看到一对双胞胎坐在角落里全神贯注地用手机玩着“海战”游戏，低声地指挥着对方：“E2，B10，通过了！受伤了！”随后他们将手机收进口袋里登台演出。他们手中没有拿乐器，安东觉得他们可能是用两架钢琴进行演奏。安东走近通向舞台大厅的门，稍稍推开一道

---

①多木拉琴：一种古老的俄罗斯民族乐器，分为三弦琴和四弦琴。

②巴拉莱卡琴：俄罗斯的一种弦乐器。琴呈三角形，有三根弦，通常用手指拨奏。18世纪从冬不拉琴演变而来，多用于民间音乐演奏。

③巴扬手风琴：一种音域广、体积小的俄罗斯手风琴，是键钮式手风琴。

缝朝外看。他发现这对双胞胎将摆满钢片的琴盘和琴架抬到舞台中央，俩人手里还拿着两把小琴槌，他们用小琴槌轻轻敲着银色的钢片，声音悠扬宛如水晶碰撞。安东仿佛看到五彩缤纷的灯在空中闪烁着，他瞬间欣喜得呆住了，这正是他创作《迷路的秋》时一直寻找的声音！

“钟琴[①]的声音听起来太赞了！”旁边有人说。

安东没有转身，生怕错过任何一个美妙的音符。这对双胞胎演奏时，安东想象着自己用大键琴与他们一起演奏。他非常喜欢大键琴和钟琴这两种乐器的组合。

乐曲结束。双胞胎带着钟琴从舞台上下来，走进“更衣室”。一个男孩和一个女孩两位小提琴手准备登台。

谢廖沙走到安东身边，略带挑衅地问：

“现在和我们在一起的是谁？摄影师？还是伟大的作曲家？”

安东诧异地看着谢廖沙，显然他没有听懂谢廖沙的话，他的脑海里还萦绕着钟琴和大键琴的声音。

“怎么不出声了？没听明白？你不是说你弹的是照片吗？既然你弹照片，那你就是摄影师。如果一会儿你在舞台上又开始创作，那你就是即兴演奏家。不管是在舞台上还是在合奏过程中作曲，那根本不是即兴演奏家。你知道那是什么吗？那是怪物，你一会儿要变成谁？我和卡佳一会儿要和谁演奏？”

①钟琴：一种打击乐器，由一系列钢条按钢琴键的顺序以半音排列，演奏者用一对琴槌敲击钢条中部进行演奏。

安东低下头，现在他明白了。但是他仍然没有回答。

门开了，两位小提琴手回到了“更衣室”。卡佳、安东和谢廖沙一一走上舞台。

30.

登台演出

对安东来说，这是一个巨大的舞台。仿佛过了很久很久，他们才走到舞台中央的两架钢琴旁。安东听到有人报幕《玻璃雨》，然后念到他们的名字。他们走到钢琴旁边时，安东听到主持人说他是本届参赛者中年龄最小的作曲家。安东他们向台下的观众鞠躬后坐下。安东坐在靠近观众一侧的那架钢琴前，谢廖沙则坐在安东旁边的另一架钢琴前。为了让安东和谢廖沙看到自己，卡佳站在舞台中央。安东看向谢廖沙，但谢廖沙只是看着前方，然后用手帕擦了擦手，他在演奏前总是习惯用手帕擦手。

谢廖沙开始弹奏，他是第一个。他充满自信地用右手弹出演出曲目的和弦，左手弹出节奏清晰的低音。虽然安东在演奏开始前有些紧张，但听着谢廖沙自信满满的演奏，他渐渐放松了下来，静待自己演奏的那部分。

安东沉浸在钢琴纯净、清脆、响亮，还有一丝清冷的美妙声音中。尽管这架钢琴的琴键有些发紧，但是琴键的触感很好。演奏异常轻松顺利，安东成功地演奏完自己的部分，马上就要到卡佳吹奏长笛的部分了，就在这时，意外突然发生了。

起初，安东以为是自己得意忘形，即兴修改了自己演奏的部分，但他很快就确信自己是完全正确地按照乐谱弹奏的。那一瞬间，安东迅速反应过来，这种情况下自己只能继续独奏了。安东没有停下来，也瞥了一眼谢廖沙，谢廖沙的身体微微向前倾，双手搭放在琴键上却没有弹奏，只是直视前方。安东已经弹到卡佳应该进入的地方了，但卡佳并没有按照乐谱进入乐曲中，因为她习惯随着谢廖沙弹的和弦和低音节奏进入自己那部分的吹奏，现在听不到谢廖沙的节奏，只听到安东弹奏的经过句，这使卡佳很困惑。

于是，安东为使整首乐曲不偏离主题而竭尽全力地弹奏着，他一步一步地仿佛在冰面上行走一般绕回到主基调、主旋律上，同时他尝试演奏自己的部分和谢廖沙的低音部分，希望谢廖沙听到熟悉的旋律后能接上节奏，然后他们一起演奏到卡佳该吹奏的地方。

安东保留了主题旋律，努力绕回到乐曲开头部分，平行地引着谢廖沙的低音部分，甚至还设法用左手从谢廖沙的部分中取出一些和弦来弹奏。安东指下的节奏清晰而精确，很容易辨认出原本的乐曲，但谢廖沙还是没有接上演奏，安东将乐曲带到了卡佳吹奏的部分，卡佳也没有进入。安东既没有看向卡佳，也没有看谢廖沙，他明白接下来只能由他一人完成演奏。安东觉得这首乐曲令他筋疲力尽，他甚至没有力气继续演奏下去。

尽管如此，安东还是将《玻璃雨》坚持弹奏完。演奏完最后的和弦，他从椅子上站起来。观众们为他们的精彩演奏而鼓掌。安东走下舞台，感觉汗水从他的后背流下来，他的头发、额头、脖子全都湿透了。

回到“更衣室”，卡佳立刻背对着他们蜷缩在角落里。安东注意到她的肩膀在不停地颤抖——卡佳哭了。一个女孩走到她身边，抱着她安慰着。

安东看向谢廖沙，他原以为谢廖沙会走到自己身旁，道歉说自己忘记了乐谱。此时，谢廖沙真的走到了安东身旁。

“事实证明，你不是摄影师，也不是作曲家，你就是一个怪物！”谢廖沙小声对安东说。

安东听懂了，谢廖沙并没有道歉，相反，他在指责自己。

“是你的错。”安东慌张地说。

“我?！你再重复一遍你说的话！我?！我出错了?！”

安东没有回答，他突然觉得，也许谢廖沙真的不明白什么是出错。

“怎么不吱声了？是你搞砸的，还把责任推给我？”

拿着双簧管的男孩走到他们身边。

“好了好了，小伙子们。什么事都会发生。不要争吵，冷静后再讨论，争吵没有任何意义。现在你们都太激动了，无法理解彼此。”

“说得好像是我的错一样，我什么时候出过错?！”谢廖沙气愤地说。

“从来都没出过错？”拿着双簧管的男生笑着问。大厅的门开了，他和室内乐队的其他同伴登台了。

“你认为是我出错了？”谢廖沙大声质问道，然后他猛地弯腰贴在安东的耳边低声说，“看你怎么证明！”

安东看到谢廖沙的眼中写满恐惧和绝望。突然间，安东明白了：谢廖沙知道是他自己出了错，知道这个错误会影响到他自己、安东、卡佳、玛娜娜老师、叶莲娜主任、亚历山大老师，甚至还有学校。谢廖沙的心里很清楚，但他还是指责安东！安东既不解又委屈，委屈到很想哭。

安东忍住了。他从谢廖沙身边走开。谢廖沙像什么事都没有发生一般，走到卡佳身旁，和卡佳热烈地说着什么。安东看到卡佳抬起头听谢廖沙说话，甚至都没有看安东一眼。

这让安东更加委屈难过。毕竟，安东为了让卡佳吹奏上她的那部分而一直在努力，努力将乐曲往回带。安东也知道，卡佳练习了很久她自己的那部分乐曲。结果竟然是，她戴着精致的蝴蝶结，穿着漂亮的裙子，手上拿着长笛站在舞台中央，却连一个音符都没有吹奏。谢廖沙说全是安东的错，也许卡佳会相信他，毕竟谢廖沙从没出过错。

安东从“更衣室”离开，沿着走廊走向楼梯，从楼梯来到大厅，躲在衣帽间的衣服后面。

31.

别人的错

安东委屈难过得涨红了脸。他透过安着防护栏的窗户向外看:风吹动雪花,雪花一落在小路上就迅速融化了。人们走过,汽车飞驰而过,低沉的乌云压在整个城市上空,并将沮丧和忧郁蔓延到城市的每一个角落。

安东又想起了谢廖沙。

尽管之前谢廖沙总取笑安东,但是安东一直以谢廖沙为学习榜样——他的演奏,他的钢琴技法,还有每次谢廖沙演奏时总是闭着眼睛、昂着头的自信神态。安东觉得那样的演奏姿势非常帅气。而现在,人人都称赞的"英俊天才"谢廖沙自己犯了错,却质问指责别人。

一瞬间,安东为谢廖沙感到很惭愧。不是为自己,而是为别人感到惭愧,这是一种奇怪的感觉。

"你在干什么,安东?跑到哪里去了?"叶莲娜主任在衣帽间找到了安东,她拉着他的手,把他带进大厅,让他坐在长凳上,她则坐在他身边。叶莲娜主任握住安东的手,她的手很温暖。

安东的眼泪快要流下来了,但他还是忍住了。他低着头将自己的手从叶莲娜主任的手中抽出,低着头一言不发。

"我们来聊一聊。"叶莲娜主任说,"教室里都是同学,我们最好在这里……"她停顿了一下,然后说:"安东,我知道你没有错。我听了你们的演奏,是谢廖沙忘记了自己的乐谱。也许是他太紧张了,但我觉得是他太自信了。这是常有的事,人越是相信自己从不出错,那么有一天一定会出错。你明白我的意思吗?但是你,安东,你很聪明。你试着帮助大家,这是非常好的,也是正确的。你在即兴创作方面非常有天分。这是一种天赋,极其罕见的天赋。不要怪你的伙伴们,他们没能及时理解你的意思,安东你要知道,不是所有人都会即兴创作。”

叶莲娜主任又沉默了一会儿。

“你愿意和我说一说,演出结束后你和谢廖沙发生了什么吗?”

安东把头垂得更低了,他不想向老师抱怨谢廖沙。

“你要不想说,那就先不说。”叶莲娜主任叹了口气,“只是我知道,谢廖沙跟所有人指责你,说是你的错。”

安东蓦地抬起头看了看叶莲娜主任,又默默地低下了头。

“卡佳和我说,她也很惊讶谢廖沙会这么做。她对谢廖沙的做法十分生气。”

“她生气了?”

“还不止,卡佳还和谢廖沙大吵了一架。”

“谢廖沙为什么这么做?”安东小声地问。

卡佳没有相信谢廖沙的说法,这让安东感觉好了很多。

“哎,亲爱的,如果我知道……我已经是个大人了,但还是不明白为什么犯了错误的人却横加指责别人,也许他们是因为紧张才这么做的。”叶莲娜主任说。

安东抬起头看着叶莲娜主任,她的神情充满忧伤,但依旧温柔、亲切。

“我们聊得很愉快,对吧?”

“对。”安东赞同道。

“不要生谢廖沙的气,他现在的处境比你更糟,他还很孤独。”

“我要走了,安东。谁来接你?”

“外婆。”

“她在哪里?在大厅吗?我们去找她,再听听其他孩子的演奏吧,应该也很有趣。你一定要听一听。我们一起走吧,我陪你过去。”

他们走到大厅门口,安东找到了外婆,走到她身边坐下。三个拿着巴拉莱卡琴的男孩走上舞台,他们演奏了一首欢快且富有节奏感的乐曲。

外婆俯身问安东:

“只是我不明白,为什么那个和你一起上台的女孩……”外婆低声说。

安东看着外婆,随后将脸转开了。

外婆喃喃自语:“这怎么就生气了,我什么也没说呀。你们老师看得更清楚……很漂亮的女孩……她的裙子也很好看……”

32.

摇 篮 曲

早上，安东很晚才醒。

爸爸的房间里放着音乐，但是安东没有听到爸爸蹦跳的声音，他知道也许爸爸正坐着或者躺着听音乐呢。安东也躺在床上听着，音乐结束又重新响起。

音乐的开头是钢琴演奏的轻柔节奏，然后是小提琴的声音，它的旋律就像一位母亲抱着孩子哼着摇篮曲，有些悲伤却饱含温柔与深情。但在其间又有新的旋律，小提琴的声音越来越高，奏响的不仅是一曲悲歌，而且是绝望的旋律。

安东听到这段独特的旋律时，他突然回忆起妈妈第一次去医院看望爸爸回来时的神情。现在，安东才明白，那时妈妈有多么担心和不安。

安东从床上起来，听着这首小提琴和钢琴的合奏曲，不安地在房间里走来走去。他刚平静下来，这首似温柔摇篮曲的伤感部分的旋律再次袭来，安东走到钢琴旁，一只手抬起琴盖，另一只手的手指则敲击着琴键。

音乐结束，过了几秒后又重新响起。安东觉得有些奇怪，他走出房间，在走廊里碰到了外婆。

“你醒了？”外婆嘟囔着，“大早上的，一遍又一遍……我要被这些音乐弄疯了。”

安东耸了耸肩，回到自己的房间。他不想听外婆的唠叨。

不一会儿，爸爸来到安东的房间，坐在安东还没有整理的床上，看着自己的儿子。

“你怎么闷闷不乐？”

“就这样……”安东叹了口气。

“昨天怎么样？你什么也不说，我也没能从外婆那里打探到任何消息，她就说一个女孩像一幅风景画一样……怎么了？”

安东皱了一下眉，他什么都不想说。

“好吧，如果你愿意，可以随时和我聊一聊。一切都过去了，对吗？”

安东只是摇了摇头。

“别担心。”爸爸停顿了一下，“万事开头难。你还喜欢音乐吗？”

安东点点头。

爸爸听着从他房间里传出的音乐。

“知道吗？从远处听更好听……”

父子俩又一次陷入沉默中，突然，爸爸问道："妈妈不在家，是不是感觉很糟糕，安东？"

安东又点了点头。他知道妈妈去很远的地方出差，她和自己不在同一座城市，晚上她不能回家，也不能拥抱或亲吻自己。还要等很长时间，妈妈才能回来。

"这是《摇篮曲》。"爸爸说。

安东很高兴，自己猜对了。

"你知道，我迷上这首乐曲了。除了它我什么都不想听，我把它设置成循环播放。本来我想戴上耳机听，但是我的耳机出音口坏了。"爸爸笑着说，"很快外婆就从屋里'飞'了出来……但我不能不听，你能理解我说的话吗？"

安东又低下了头。

爸爸微笑地说："就这样一早上了。我想和你说……从昨晚我就一直在想这件事。也许现在你还不理解，但是要记住我说的话，好吗？"

安东点点头。

"安东，你要明白，如果生活中没有音乐，那会非常无聊、单调，而爱……"

爸爸看着鹦鹉 a 小调。

"我们家的'怪人'今天很安静。难道它今天听了 a 小调？"

安东走到钢琴旁，打开琴盖，听着音乐弹了一个节拍。

"嗯，是 a 小调。"

"这只鹦鹉太厉害了！"爸爸称赞道，"好吧，安东。我要去关掉音乐了，外婆一定会觉得很遗憾。”他起身倚着拐杖站着，看了看墙上的小矮人，又看了看安东，然后看向窗外。

“你妈妈也不知道怎么样了？”爸爸叹了口气，跳出了房间。

安东目送着爸爸。在门槛处，爸爸差点儿失去平衡，他用尽全力靠在门框上低着头站了一会儿，然后踉跄着蹦出房间。

33.

生　日

整个星期安东都闷闷不乐，还拒绝去上学。

爸爸虽然批评了安东，但效果甚微。外婆说："他不想去就别让他去了，让孩子休息休息，我也休息休息。"玛娜娜老师打来电话，担心地问："安东去哪儿了，怎么了？"爸爸没办法，只好撒谎说安东病了。

安东不想弹琴，他整天在电脑上玩射击游戏，对爸爸提出的各种问题也都默不作声。

很快，安东就要过生日了。

妈妈出差快回来了，她回来的第二天就是安东的生日，安东和爸爸之前早就计算好了日期。但不知怎么回事，安东忘记了生日需要等待惊喜——他等不及了。出差回来的妈妈一脸疲惫，在她到家的那一瞬间，安东立马感觉生活要回归正轨了。他环抱着妈妈的腰，久久不肯放手，直到妈妈哄着他让自己先去洗一下一路的风尘。

妈妈给大家带回来很多礼物，但安东的生日礼物，暂时保密。

爸爸和妈妈习惯在生日当天的零点互送生日礼物。妈妈的生日是八月十九日，爸爸会在八月十九日的零点送给妈妈生日礼物，妈妈也会在六月一日的零点送给爸爸生日礼物。

安东和外婆从来没有在自己生日当天的零点收到过生日礼物，因为那个时候外婆和安东早就睡着了。

这一次，安东决定不再像往常一样十点睡觉，他要等待这个秘密时刻。他告诉爸爸妈妈：

“我不睡觉了，我也想在零点收礼物。”

“好吧。”爸爸很爽快地答应了，“不要睡觉哟！”

“还想不睡觉？”妈妈反对，“十点钟上床睡觉，明天早上你就会收到礼物。”

“妈妈，求您了！”

“好了好了，斯维特，安东已经是个大孩子了。”爸爸支持安东，“一年就一次晚睡，再说我们都特别想你！”

“想我……那明天早上儿子变成了无精打采的小苍蝇怎么办？我看，我不在家你们过得非常开心！安东旷了三次课，家里一片狼藉。哼，休想！明天早上送你礼物，十点必须去睡觉。”

安东不得不听妈妈的话回到房间躺在床上，但是他偷偷将手机闹铃调到零点放在床头。

早上，爸爸笑着说，妈妈昨晚摸黑儿在安东房间里找手机关闹铃。尽管闹铃哇啦哇啦地响彻房间，安东都没有被吵醒，睡得死死的。

安东在爸爸的蹦跳声中醒来，爸爸大声抱怨：“哼，烦人的高门槛！”他瘫坐在沙发上休息，随后妈妈也来到安东的房间，然后是外婆。

“生日快乐，安东！”爸爸喊道，“快醒醒，伯爵殿下，很多伟大的事情在等着您呢！”

“宝贝，生日快乐！”妈妈说着俯身亲吻安东。

穿着针织袜、戴着围巾和帽子的外婆随后也亲吻了安东的双颊。

“这是我和妈妈送给你的礼物。”爸爸递给安东一本精装乐谱集，封面上印着安东的名字和乐谱集的名字"音乐相册"。

"哇！"安东惊呼。

这本乐谱集中印有三个乐谱:《迷路的秋》《龙的新年圆舞曲》和《玻璃雨》。这些都是安东自己创作的，里面还印了一些照片作为插图。《迷路的秋》乐谱的前页插图是一片弯弯的橡树叶漂在黑色的池水中,看起来就像童话世界中的一艘小船;《新年圆舞曲》的插图则是今年过年时他们一起布置、挂满各色小灯的圣诞树;而《玻璃雨》的前页插图,安东一眼就看出那是他们家的房子和门前长椅的照片,因为下雨的缘故,它们在路灯的照耀下泛着银光,似乎一切都是玻璃做成的——玻璃房、玻璃长椅,玻璃树还有玻璃雨滴。

安东非常高兴,他感觉自己此刻就是一名真正的作曲家,自己创作的乐谱被印在像大人作品集一样的"音乐相册"里。

玛娜娜老师曾从音乐作品集中找新乐曲给学生当练习曲目。当安东拿着那本作品集时,他总觉得那都是由大人创作的。现在,他手里拿的这本"大人作品集"都是由他自己创作的。

安东依然很不想去学校,但在妈妈的强烈要求下还是去了。安东没有立刻进教室,而是犹豫了一小会儿,他害怕碰到谢廖沙。但当他推开教室门时,里面突然传出齐刷刷的声音:

"欢迎,欢迎！"

安东吓得躲到了门后。

"快进来,快进来,小寿星。"玛娜娜老师邀请安东进来,"这么久你去了哪里？病好了吗？我们大家都很担心你。"

安东点点头,他为自己的旷课而感到愧疚。

到了大家送安东礼物的环节：萨沙和奥莉佳坐在两架钢琴前演奏起了《节日》;柯利亚弹奏了巴赫的《谐谑曲》;玛娜娜老师送给安东一本精装的柴可夫斯基《儿童曲集》;叶莲娜主任送的是一本厚厚的介绍乐器的书,书中从喇叭、笛子这样的小型乐器一直介绍到大型乐器。亚历山大老师生病了没有来学校,但他请叶莲娜主任向安东转达了自己的祝福,同时将两卷本皮质封面的《贝多芬奏鸣曲乐谱》送给安东。这些乐谱都是珍品,是在十九世纪末出版的。

只有谢廖沙没有参加安东的生日庆祝会，他独自一人坐在教室的角落里,似乎也没有人注意到他。

“孩子们,现在重头戏来了！”叶莲娜主任郑重地说,“青少年作曲家汇演大赛的组委会联系我。我们的安东,”她停顿了一下,“我们的安东荣获本届大赛十岁以下参赛者的第一名！”

全班一片寂静,所有人都很困惑。而安东则是对此最不解的,就连坐在角落的谢廖沙也精神了起来。

“这,这是怎么回事？”安东很疑惑,“我们并没有演奏得很完美呀！”

叶莲娜主任笑着说：

“当然,你们的演出不算成功。但要知道这不是演奏比赛,而是作曲比赛。评委首先考评的是乐谱,然后才是演出！”

所有的同学都高兴地喊叫着,并拥在安东身边祝贺他。

“安静,安静一下！”叶莲娜主任拍了拍手,“还不止。安东还获了一个奖!评委本想明天在颁奖典礼上授予安东,但毕竟今天是安东的生日,我请评委今天就授予安东这个奖。我宣布,安东荣获‘最佳即兴演奏'奖！"

叶莲娜主任将镶着银色框的奖状颁给还迷惑着的安东，所有人都高兴地鼓掌祝贺。

"这不公平！"谢廖沙小声地说，当然没有人听到他的话。

"安东，你又长大了一岁。"叶莲娜主任尝试打断欢呼声，"你已经是大孩子了。安静，孩子们。成长不是以年龄来判断，而是以行为和举止来衡量。"说到这里，叶莲娜老师看了看安东，又看向坐在角落的谢廖沙："我们都要学会勇敢诚实地面对、承认自己的错误。"

34.

尾　声

妈妈接小寿星放学。

安东将收到的礼物递给妈妈，自己把奖状捧在手中。

“你会摔坏它的。”妈妈说。

“不会弄坏的。”安东保证。

母子俩走在街上，天又下起了雪，但很温暖。雪落在人行道上，落到停在路边的汽车上，落到沥青马路上，然后迅速融化了。安东停了下来，看了看自己的奖状，有几片雪花落在奖状的玻璃上，他刚想用手摸一下，雪花就消失了，又一片雪花落下，又瞬间融化，仿佛它们穿过玻璃罩进入了另一个世界。

妈妈告诉安东，到了夏天他们家的房子就要被拆除了，再过两个星期他们要去看新家了。

“到时候爸爸就可以拆石膏了。”妈妈笑着说，“如果不带爸爸一起去看新家，你猜他会怎么样？他一定会苦恼不已。他最大的心愿就是搬进新家，他可以用电梯载着自行车上下楼，还能和你在厨房、走廊里踢足球，玩强盗的游戏。”

安东非常开心他们将拥有一个可以在走廊和厨房里与爸爸踢球的新家。

走到家门口时，安东和妈妈都觉得有一阵忧伤袭来，因为他们住了多年的房子要被拆除了。但安东透过窗户看到了爸爸，心情瞬间愉悦起来。爸爸朝安东挥着手，安东也挥手回应爸爸，安东按捺不住激动的心情，赶紧跑回家，刚才冒出来的忧伤荡然无存，此刻，他只想去拥抱爸爸。妈妈也欢喜地朝家跑去。外婆从房间的窗户看到了这温暖的一幕。

画中的小矮人微笑地看着这幸福的一家人。